Alexandra Kui • Die Welt ist eine Scheibe

D1866323

Foto: © Random House/Thomas Duffé

DIE AUTORIN

Alexandra Kui wurde 1973 in Buxtehude geboren. Sie studierte Soziologie, Politikwissenschaften und Sozialgeschichte in Hamburg und arbeitete für verschiedene Tageszeitungen, bevor sie anfing, Bücher zu schreiben. Nach den Krimis »Blaufeuer«, verfilmt fürs ZDF unter dem Titel »Der Tote im Watt«, und »Wiedergänger« erschienen inzwischen drei Jugendthriller, »Lügensommer«, »Falsche Nähe« und »Stille Feindin«. Mit »Marias letzter Tag« veröffentlicht die Autorin, die auf der Geest bei Hamburg lebt und zuletzt für »Die Welt ist eine Scheibe« von den Kritikern hochgelobt wurde, ihren ersten literarischen Roman bei cbt.

Von der Autorin sind außerdem bei cbt erschienen:

Marias letzter Tag
Stille Feindin
Falsche Nähe
Lügensommer

Alexandra Kui

Die Welt ist eine Scheibe

cbt

cbt Kinder- und Jugendbuchverlag
in der Verlagsgruppe Random House

MIX
Papier aus verantwortungsvollen Quellen
FSC® C014496

Verlagsgruppe Random House FSC® N001967
Das für dieses Buch verwendete FSC®-zertifizierte Papier *Salzer Alpin* wird produziert von UPM, Schongau und geliefert von Salzer Papier, St. Pölten, Austria.

1. Auflage
Erstmals als cbt Taschenbuch Oktober 2015
© 2013 by Hoffmann und Campe Verlag, Hamburg
Alle Rechte dieser Ausgabe vorbehalten durch cbt Verlag
In der Verlagsgruppe Random House GmbH, München
Umschlaggestaltung: semper smile, München
Umschlagmotiv: © Dawn Hanna/Trevillion Images
mi · Herstellung: kw
Satz: Buch-Werkstatt GmbH, Bad Aibling
Druck und Bindung: GGP Media GmbH, Pößneck
ISBN: 978-3-570-31031-1
Printed in Germany

www.cbt-buecher.de

And the future hangs over our heads
And it moves with each current event
Until it falls all around like a cold steady rain
Just stay in when it's looking this way

Landlocked Blues, Bright Eyes feat. Emmylou Harris

Die Zeit in Schweigen gehüllt:
Eine alte Witwe, die alle überlebt.
Ein Meer.
Ein Labyrinth.

Es kam, wie es kommen musste: Sie hat das Gleichgewicht verloren. Jetzt bloß die Augen offen halten, nicht in die falsche Richtung fallen, vorwärts, rückwärts, seitwärts, ran und eins, zwei – alles verkehrt, zählen nützt nichts, das haben schon andere probiert und sind nirgendwo abgeblieben. Eine Frage des Loslassens. Tief in der Erde, wo das Feuer sich selbst speist, ganz unten also oder auch oben, erst dort nimmt die Geschwindigkeit ab, und alles steht still.

Kein Werden, kein Sein, kein Vergehen.

Wahrscheinlich ist sogar die Annahme eines Zielpunkts schon Unfug. Nur weil sie fällt, heißt es nicht, dass sie überhaupt in Bewegung ist. Vielleicht bewegen sich auch nur alle anderen. Und all die Dinge um sie herum.

Wie ist sie da reingeraten?

Wer hat zuerst geatmet?

Falls sie das hier übersteht, wird sie wiedergeboren. Und wieder wiedergeboren.

Und immer so weiter.
Immer als eine Voss.

So lautet das einzige Naturgesetz, das als bewiesen betrachtet werden kann.

KURZSCHLUSS

Mit einem Fauchen entscheidet sich das Feuer, zu brennen. Der erste Atemzug einer Diebin. Wiebke Voss, Anstifterin und Komplizin, pfeift auf zwei Fingern und rennt. Über rissigen, unebenen Asphalt, dessen Blessuren den Blick auf sehr altes Kopfsteinpflaster freigeben. Über den Stallmist, der ihr frühmorgens vom Hänger gefallen ist, weil sie zu hoch beladen und die Kurve zu eng genommen hat. Sie passt auf, wohin sie tritt, das kennt sie nicht anders. Landleben: Überall liegt Scheiße. Immer.

Sie ist eine gute Sprinterin, ihr Vorsprung müsste ausreichen, um über jeden Zweifel erhaben zu sein. Was ihr fehlt, sind starke Nerven, daher die Flucht auf einen Baum, sobald sie am Ende des Weges Reiter entdeckt. Sie hat noch nie Feuer gelegt, und anders als andere Ungeheuerlichkeiten erweist es sich im Abgang nicht als Gaudi.

Hat sie das Feuerzeug fallen lassen? Ihre Zigaretten? Wiebke steht in einer Astgabelung, ziemlich weit oben, und hält sich mit beiden Händen fest. Von den Reitern keine Spur.

Ihr Kleid flattert im warmen Wind, einzelne Haarsträhnen haben sich aus ihrem Zopf gelöst, peitschen ihr ins Gesicht, dass die Augen tränen. Sie würde gern eine rauchen, obgleich es nicht besonders appetitlich ist und sie bloß wegen Milan damit angefangen hat (und wegen der Reklame auf den Packungen: »Rauchen fügt Ihnen und den Menschen in Ihrer Umgebung erheblichen Schaden zu.« Astrein!). Also keine Zigarette. Aber was sonst soll man tun weit oben auf einem Baum, wenn es unten brennt und die Chance, sich aus dem Staub zu machen, unwiderruflich vertan ist? Die Flammen schlagen hoch und höher.

Mutterlos: Würde ihre Beschützerin, eine Rotbuche, sich nach ihrem Befinden erkundigen, lautete so Wiebkes Antwort. Sie fühlt sich mutterlos, wo doch ihr Vater im Begriff ist, sie im Stich zu lassen, indem er sich in einen Fremden verwandelt, während ihre Mutter immer bleibt, wer sie ist, wo sie ist, wie sie ist. Mehr Mutter, als Wiebke lieb sein kann. Wieso dann nicht vaterlos? Familien sind eine verwirrende Angelegenheit, insbesondere die eigene.

Wiebke versucht, sich zusammenzureißen. Je ruhiger ihr Puls geht, desto unwahrscheinlicher kommt es ihr vor, dass sie in ihrer Angst auf einen Baum geklettert ist wie zuletzt als Kind. Es wird ihr nicht gerecht. Das Kind von damals gibt es nicht mehr, es hat Bäume wer weiß wie geliebt, dazu die Felder, den Wald, den Fluss. Ein liebenswürdiges Mädchen, etwas schüchtern. Wiebke will mit alldem nichts mehr zu tun haben, gehört in Gedanken längst woandershin – und doch steht sie hier. Steht. Sie. Hier. Nichts könnte realer sein als der heraufziehende Rauch, die Wärme des Westwinds, ihre Hände auf der Suche nach Narben in der glatten Rinde. Die Freundlichkeit, mit der die Buche Wiebkes Berührung erwidert, unter der hölzernen Haut Ströme von Leben. Ist dies nicht genau die Art von Wahrhaftigkeit, nach der Wiebke sich immer gesehnt hat?

»Und jetzt?«, flüstert sie ins Feuer. Den Osterfeuern, Lagerfeuern, Kaminfeuern verblichener Jahre ist es weit überlegen, es gehorcht seinen eigenen Gesetzen. Wiebke staunt, wie schnell die Hitze sich ausbreitet. Wie seltsam der Rauch auf der Zunge schmeckt, beinahe fleischig, und dass er so tiefschwarz ist, eine mattmetallene, erschreckend kompakte Wolke vor dem ansonsten makellos blauen Nachmittagshimmel, bereit, sich das Dorf einzuverleiben.

»Und jetzt?«, wiederholt Wiebke ihre Frage. Die diebische Glut lispelt Unverständliches.

Was die Beute angeht: Der Heustapel, sechzig gut durchgetrocknete Rundballen, ist verloren. Nebenan lagert Maische und stinkt vergoren vor sich hin. Der Unterstand? Ein paar marode Zaunpfeiler, etwas Brennholz, noch nicht abgelagert, ausgemusterte Traktorreifen, Abdeckplane. Schlimmstenfalls sogar die angrenzende Weide selbst. Seit Wochen hat es nicht richtig geregnet, und das Gras steht hoch. Mit etwas Glück können sie bald zum zweiten Mal Heu machen, eine kleine Sensation nach den vielen unbeständigen Sommern davor. Fällt jetzt alles den Flammen zum Opfer? Wenn Wiebke an die Heu- und Strohknappheit vom vorigen Jahr denkt, die astronomischen Preise, wird ihr schlecht:

Ihr Bruder bringt sie um.

Ihr Vater bringt sie vielleicht um. (Je nachdem, ob er selbst oder der Fremde in ihm die Oberhand gewinnt, dem ist außer Rumvögeln alles egal. Vermutlich sogar das, er tut es einfach, weil er es kann.)

Ihre Mutter lässt sie leben und bürdet ihr dafür jegliche Schuld der Welt auf.

Als wäre Wiebke die Einzige, die Mist gebaut hat. Als hätte nicht jeder von ihnen den Bogen so dermaßen überspannt, dass die Luft schon längst keine Luft mehr ist, sondern ein Reißen.

GERÄUSCHE

Sie kommen. Zuerst die Leute vom Reiterhof, sie haben den kürzesten Weg. Die Ponymädchen in heller Aufregung. Eine Chance: Wiebke könnte sich unauffällig dazugesellen, Hand vorm Mund, Augen weit aufgerissen, erstickte Schreie ausstoßend, aber sie gibt ihrem Versteck den Vorzug. Reine Feigheit. In den Ställen stampfen die Pferde mit den Hufen, ziehen Luft durch die Nüstern. Ihr Wiehern zollt dem Feuer instinktiv genau jenen Respekt, den es verdient, und verleitet andere Viecher dazu, sich ebenfalls Gehör zu verschaffen. Krähen, Kühe, Hunde, Gänse. Durch den Rauch hindurch kann Wiebke ihre Angst riechen. Vielleicht ist es auch die eigene. Sie atmet flacher, lauscht dem Lärm. Längst müsste – lauter als alles andere – die Sirene auf dem Schulhaus ertönen, um die Männer der Freiwilligen Feuerwehr zu alarmieren, falls sie ihren Pieper nicht dabeihaben, doch der hohe Ton lässt auf sich warten. In Wiebkes Kopf surrt er bereits, irgendwo zwischen Gis und dem Kammerton a der Stimmgabel, geschätzt vierhundertzwanzig Hertz. Wie lange hat sie nicht mehr gesungen? Ausgerechnet jetzt vermisst sie den Chor. Den Chor – und Jana.

Es war Jana, die sie ermutigt hat, Geräusche jeglicher Art, auch Dissonanzen, als Musik zu betrachten. Ob das Pfeifen der Regionalbahn, wenn sie den Bahnübergang im Wald passiert, vom Sturm zerrissen wird, wie tief das Murmeln des Wassers in den Gräben klingt oder welche Intervalle Pferdehufe auf Kopfsteinpflaster erzeugen – sobald Jana sie stellte, ergaben solche komischen Fragen einen Sinn, sie ließen die Dinge kostbarer erscheinen, verzaubert. Für ihr Debüt-Album zogen sie mit Notebooks und geliehenen Mikrofonen los, um alles Mögliche aufzunehmen: Wind, der durch Gräser streicht, Eis, das unter ihren Stiefeln bricht, Hagelkörner. Straßenlärm. Ihre Pläne: hochtrabend.

An das Album zu glauben war idiotisch.

»Ihr wollt was?«, hat ihr Vater mit einer Mischung aus Unwillen und Belustigung nachgehakt. Februar, die ganze Familie erkältet, er hatte gerade ein Huhn geschlachtet, damit Wiebkes Mutter daraus Suppe kocht. Hühnersuppe statt Aspirin, ein Ritual gegen den Winterblues, eins von vielen. Sie leben in einer Welt, die es eigentlich nicht mehr gibt, wo Tote das Sagen haben, die Urgroßväter der Urgroßväter. Die reinste Geisterbahn.

Beim Ausnehmen des blank gerupften Tieres am Küchentisch fiel ihrem Vater plötzlich das Mikro ins Auge. Sein nickelfarbener Glanz.

»Ist das Ding da versichert? Wer soll das alles eigentlich bezahlen? Das Tonstudio, das Pressen der CDs und so weiter?«

»Wir finden ein Label, ganz einfach. Die geben uns Kohle. Als Vorschuss.«

Er rieb die dünne Haut des Hühnerkropfes zwischen Daumen und Zeigefinger, um sie zu lösen, setzte mit Bedacht einen zarten Schnitt an. »Einem mäßig talentierten Mädchenchor vom platten Land?«

»Jana sagt, wir werden immer besser. Außerdem: Wir haben schließlich Radiokontakte.«

Ihr Vater, die Speise- und Luftröhre des Huhns jetzt fest im Griff, machte ein verächtliches Geräusch. »Clemens.«

»Ja, Clemens!«

Es war gemein, seinen Namen auf diese Weise auszusprechen, ebenso, wie es gemein war, den Chor als »mäßig talentiert« zu bezeichnen, egal ob es stimmte. Womöglich waren sie sogar unterdurchschnittlich talentiert – und wenn schon. Er ist keine Leuchte als Vater. Dafür gibt es tausend solcher Beweise. Was nichts daran ändert, dass seine Meinung Gewicht hat. Wie früher als kleines Mädchen hat er sie in der Hand, noch immer will sie am liebsten von ihm angehimmelt werden.

»Hör zu, Wiebke, die Strassers sind nette Leute, aber sie erzählen viel, wenn der Tag lang ist.«

»Denkst du, das weiß ich nicht?«

»Ich will nicht, dass du dir falsche Hoffnungen machst.«

»Besser falsche als gar keine.«

Zu guter Letzt haben sie sich die Leber geteilt, knusprig gebraten direkt aus der Pfanne, dazu reichlich Curry-Ketchup, ein Versöhnungsangebot seinerseits. Beim Kauen tat es Wiebke leid, das helle Schmatzen der Gedärme nicht aufgezeichnet zu haben, das erklungen war, als er in den Rumpf des Huhns hineingegriffen und den Magen ertastet hatte. Was Jana wohl dazu gesagt hätte?

Jana, die Zartbesaitete, jede Kuh, jedes Pferd, jedes Küken findet sie rührend, das war schon vor Sieben Sieben so. Neuerdings ernährt sie sich angeblich vegan, als könne sie sich damit reinwaschen. Anscheinend muss jeder – religiös oder nicht – an irgendetwas glauben. Im Leben wäre Wiebke nicht auf die Idee gekommen, Jana und ihr Vater würden jemals in der Lage sein, sich auch nur auszusprechen – und jetzt das. Wie er sie angesehen hat oben auf dem Heu. Diese Nähe. Wiebke kapiert es nicht. Was es auch sein mag, was die zwei verbindet. Es ist falsch.

Die vier besten Soundfiles in Wiebkes Sammlung:

- Das asthmatische, rußige Tuckern des Deutz-Schleppers, im Hintergrund Lachmöwen
- Presswehen einer erstgebärenden Mutterkuh
- Milans Schritte im harschen Schnee
- Gefrorenes Laub in Bewegung
- Haut auf Haut.

Die Welt ist lebendig, auch in stillen Momenten, Leben erzeugt Klang. Wenn nichts lautlos passiert, wieso hat niemand hingehört, als die Magnetkraft eines noch dichteren Nichts als die Scheibe auf Luis einwirkte? Hat er geschrien, und sie haben es einfach unter Musik verbucht? Wie sollen sie damit klarkommen? Wie soll vor allem seine Mutter damit klarkommen? So viel Fleisch kann Jana gar nicht nicht essen. Das schafft keiner.

Während Wiebke auf ihrer Buche höherklettert, dorthin, wo das flaschengrüne Blätterdach am dichtesten ist, zieht sie erstmals die Möglichkeit in Betracht, nicht mehr nach Hause zurückzugehen.

Die Sirenen heulen jetzt wirklich, unwillkürlich summt Wiebke mit. Das neugeborene Feuer atmet kraftvoll und gleichmäßig: ein gesundes Mädchen. Gleich ist unten die Hölle los.

WEGWOLLEN

Der fade Nachgeschmack des ausgeträumten Traums schlägt Wiebke auf den Magen, mehr noch als der Rauch mit seiner Fleischnote, und sie will weg, nur weg, aber zugleich klammert sie sich an das Geäst, als würde jemand an ihr zerren. Wegwollen, ein altes Gefühl in neuem Gewand: als Bedrohung. Es ist eng, würgt sie regelrecht. Die Sirene heult noch immer, aber Wiebke summt nicht mehr mit. Wegen der Enge. Sie fühlt sich beraubt, denn eigentlich gehört Wegwollen zu ihren Lieblingsbeschäftigungen, beruhigend wie Haareflechten oder Lästern.

Wegwollen mit Milan: Wenn sie über die Zeit nach dem Abi reden, was selten vorkommt, geht es meistens um seine Pläne. Milan will an einer Privatuni studieren. Milan will irgendwann ins All fliegen, allerdings nicht als Astronaut, sondern bloß als Weltraumtourist. Milan will im Silicon Valley als Programmierer arbeiten oder, besser noch, im CERN in der Schweiz (bei aller Liebe, so schlau ist er definitiv nicht, da würde er nicht mal ein Praktikum abgreifen, und das weiß er auch). Irgendwann fragt er dann immer: »Kommst du mit?«, worauf sie antwortet:

»Klar«, als wäre es ihre Bestimmung, als Milans Anhängsel durch die Weltgeschichte zu gondeln. In solchen Momenten ist das keine Lüge, sie kann es sich tatsächlich vorstellen, weil seine Begeisterung ansteckend ist, weil nach dem Schwimmen seine milchweiße Jungshand auf ihrem gebräunten Bauch einen ungeheuer tiefen Sinn ergibt und weil ihre eigenen Ideen sich daraufhin schulterzuckend von ihr abwenden: Nicht so wichtig.

Vielleicht ist es ihrer Mutter so ähnlich ergangen – verknallt im Freibad, der tiefere Sinn, das Schulterzucken. Nicht so wichtig, dass sie eigentlich studieren wollte, reisen, auf den Putz hauen, das volle Programm. Heiratet sie, die Unternehmertochter, eben den Rindviehbauern, wird allen Ernstes Bauersfrau, während sich der Sinn im Lauf der Jahre unweigerlich abnutzt und an Tiefe sowie an Farbe, Form und Geschmack verliert, bis man ihn mit bloßem Auge nicht mehr erkennen kann und erst recht nicht mehr schmecken. Genau so muss es gewesen sein, Beweis: der Bikini von damals, den sie nicht mehr trägt und trotzdem immer noch aufbewahrt (türkis mit weißen Punkten).

Wegwollen ohne Milan: Wohin, ist Wiebke egal, sie will bloß auf einer Bühne stehen und sich die letzten Überbleibsel ihrer Schüchternheit von der Seele singen, eine große Bühne, Theaterboden, dunkel und weit und geheimnisumwoben wie ein gefrorener See, daher versteht sich von selbst, dass eine große Stadt dazugehört, das Publikum weltgewandt, urban. Sie malt sich aus, wie sie allein mit ihrer Persönlichkeit und ihrer Stimme die Weiten der Bühne und des dazugehörigen Saals mühelos ausfüllt, wofür es ihrer (und Janas) Ansicht nach vor allem den richtigen Stand braucht, Schwerpunkt in der Mitte der Mitte, möglichst genau beim Solarplexus. Bisher ist es ihr noch nie ganz gelungen, auf diese Weise dazustehen, ohne dümmliche Verwirrung, was Arme und Blick betrifft, aber ein paarmal war sie nah dran. Der Tag wird kommen. Er muss. Sie wird barfuß sein oder mit etwas Glück dieselben Schuhe tragen, die ihr auch jetzt im Baum eine gewisse Sicherheit verleihen: ochsenblutfarbene Doc Martens vom Flohmarkt. Ihre Lieblingsschuhe, geklaut. Flohmärkte sind ein Freigehege für Opfer.

Wegwollen mit Clemens: Es mag schräg sein, doch Wiebke kann nicht aufhören, ihn zu mögen. Als wäre nichts gewesen, stellt sie sich vor, wie es wäre, mit ihm irgendwohin zu fahren. Weit weg. Sie schiebt es auf den Wagen. Ein Volvo Geländewagen in Angeber-Anthrazit, schon beinahe so auf dem Index wie ein Porsche Cayenne, daher für viele Leute schlichtweg eine Provokation. Provozieren ist eben ihr Ding. Dazu kommt noch die Anlage. Bose-Boxen. Vor Sieben Sieben gabelte Clemens sie fast täglich an der Bushaltestelle auf, dann fläzte sie sich in den Ledersitz wie in einen Kinosessel, und sie hörten auf der Fahrt zum Bahnhof laute, kranke Musik, die Außenwelt hermetisch abgeriegelt. Es wäre ein Traum, das mal auf einer Strecke quer durch Europa auszukosten. Die Fahrten nach Hamburg waren schon toll. Er hat einen ziemlich speziellen, basslastigen Geschmack, auf den er sich was einbildet. Zumindest war das früher so. Weil er beim Radio den ganzen Tag das Megahit-Gedudel ertragen musste, hasste er, genau wie Wiebke, alles, was auch nur entfernt nach Mainstream klang. Mit den meisten Sachen aus seiner Mediathek konnte sie ziemlich viel anfangen. »Willst du die mal live hören?«, fragte er bei jeder zweiten Band, um dann doch nie mit Karten rüberzukommen. Als sie einmal probiert hat, ihn darauf festzunageln, wollte er wissen, was ihre Eltern dazu sagen würden.

Darauf Wiebke: »Mir doch egal.«

»Mir aber nicht.«

Ihm nicht! Was für ein Vollidiot. Ob er heutzutage immer noch so viel Rücksicht nehmen würde? Wohl kaum. Nicht, wenn er die Wahrheit über Jana und ihren Vater kennt.

Das Verrückte ist, dass sie alle den Strassers überhaupt nie begegnet wären, hätten die nicht auch mal den Zwang verspürt, von dort wegzukommen, wo sie waren, nämlich in der Stadt. Das Dorf mit seinem teerüberzogenen, verschissenen Kopfsteinpflaster, dem Treckergedröhn, dem Schlamm im Winter und dem Staub im Sommer, dem Hühnergeschrei, dem nächtlichen Pfeifen des Regionalzugs und der vollgekritzelten Bushaltestelle war für Strassers die große, geheimnisumwobene Bühne, Silicon Valley, ihr Weltall. Wiebkes Verdammnis, Strassers' große Bühne. Irgendwie passend.

»Wer am weitesten wegwill, bleibt als Erster kleben«, behauptet Wiebkes Oma Irmi.

Was, wenn da was dran ist?

HEIMWEH

Wiebkes einzige Flugreise bislang: drei Tage Barcelona. Clemens hat das Wunder vollbracht, den Chor bei einem Open-Air-Festival unterzubringen. Jemand schuldete ihm einen Gefallen, dem ein anderer, einer der Organisatoren, noch einen Gefallen schuldete. Auf dem Flug bestaunte sie die Alpen und machte sich mit dem dünnen Licht der Stratosphäre vertraut. Sie bedauerte, dass sie nicht noch höher steigen konnten.

Die Stadt: Irrsinn pur. Beim Festival waren sie zwei Mal an der Reihe, jeweils vormittags, sie standen vor mehr als tausend Leuten auf der Bühne, die bei *Someone Like You* den Refrain mitsangen und sie feierten, als wären sie schon so etwas wie Superstars.

Nachmittags sahen sie sich Sehenswürdigkeiten an. Es war Mitte Mai und unglaublich heiß, schwere Luft, die nach Abgasen, Schweiß und porösem Mörtel roch. Der Lärm ohrenbetäubend. Was sie bis dahin kannte: Hamburg, Kiel, Hannover, reinste Flüsterstädte im Vergleich zu Barcelona. Bauarbeiten, Busse, Mofas, Feuerwehrsirenen, Ambulanzwagen, Polizei. Die Passanten auf den übervölkerten Gehwegen plapperten in ihrer lauten, schönen Sprache unermüdlich dagegen an. Sogar in dieser berühmten Gaudí-Kirche, die sie besichtigten, war es laut, Presslufthämmer dröhnten, Handys klingelten, Kinder heulten um die Wette, weshalb Wiebke sich plötzlich und mit einer völlig überraschenden Heftigkeit nach Hause an ihren Frühstückstisch sehnte, einfach weil dort Leute zusammenkommen, die in der Lage sind, mal fünf Minuten die Klappe zu halten. Ihre Familie.

Später standen sie auf der Burg und betrachteten den Hexenkessel von oben. Das Mittelmeer verloren im bläulichen Dunst.

»Gefällt's dir nicht?«, fragte Clemens, der mitgereist war.

»Doch. Aber es sind einfach zu viele Leute.«

»Wenn du bedenkst, dass die Atome, aus denen sie bestehen, zu neunundneunzig Komma neun, neun, neun Prozent leer sind, passen sie zumindest theoretisch in deine Hand. Man müsste ihre Materieteilchen nur eng genug zusammenquetschen.«

Zugegeben, für einen Mann im Alter ihres Vaters war er ziemlich schräg drauf. Wiebke fand es unterhaltsam. »Die sind da unten in ihren Gassen doch schon gequetscht genug. Würden sie sonst so einen Höllenlärm veranstalten?«

»Den brauchen sie, um sich zu vergewissern, dass sie am Leben sind. Weil sie Angst haben.«

»Haben alle Angst?«

»Ich denke schon.«

Aus irgendeinem Grund glaubte sie ihm. Das Leben in der Stadt war vermutlich nicht leichter. Nur anders schwer.

IMMER WAS LOS

Florian Stade einundvierzig achtundzwanzig rückt mit Blaulicht und Sirene an. Das war so sonnenklar. Zweimal abbiegen von der Wache bis zum Brandherd, gut sechshundert Meter Feldweg, kein Verkehr um diese Zeit, aber ohne Blaulicht und Martinshorn geht's nicht. Dafür machen die Jungs den ganzen Mist, die Übungsabende, im Nieselregen bei zwei Grad über null sternschnuppenförmige Weihnachtsbeleuchtung an die Straßenlaternen schrauben, nach jedem Platzregen Keller auspumpen, besoffene Fahranfänger halbtot aus verkeilten Autowracks schneiden oder mausetot aus dem Straßengraben keschen, hinterher schön aufräumen, Scherben auffegen, Blut wegspritzen. Alles für zwei Minuten hinterm Steuer mit Blaulicht und Martinshorn und was dazugehört.

Wiebke werden die Beine lahm vom Stehen, die Finger taub vom Festhalten. Sie hält Ausschau nach einem komfortableren Zufluchtsort und entdeckt eine stabile, nestartige Astformation, wo sie auch sitzen könnte, sogar relativ bequem, notfalls auch stundenlang. Tagelang? Monate? Jahre? Um dorthin zu gelangen, muss sie die Arme lang machen und sich vom schwankenden Untergrund abstoßen wie ein Affe im Zoo, doch sie schafft es, ohne groß darüber nachzudenken, wie tief der Fall wäre. Die Buche, rein zufällig auserkoren, ist ein gewaltiger Baum.

Tief unter Wiebke Scharen von Kindern. Kinder auf Fahrrädern im Gefolge der Freiwilligen Feuerwehr, abgeschnittene Jeans über nackten Knubbelknien, Flatterhaare in Straßenköterblond, Eis am Stiel. Die Erwachsenen folgen gesitteter, ein paar Männer mit Forken und Harken, bereit, anzupacken falls nötig, dabei nicht weniger selig. Endlich mal was los. Bitte sehr.

Obwohl: Eigentlich ist immer was los. Eine Frage der Definition. Beispielsweise die Ankunft der Strassers, ihre Kühnheit, am äußersten Rand des Neubaugebiets ein so irritierendes und riesiges Haus bauen zu lassen und mit gerade mal drei Mann zu beziehen. Dann Sieben Sieben und am Wochenende ein weiterer Todesfall: Der Nachbar von schräg gegenüber ist gestorben, Wiebke hat es von ihrem Schreibtisch aus beobachtet. Natürlich nicht das Sterben an sich, sondern lediglich die Ankunft des Rettungswagens und wenig später des Notarztes. Gerenne. Eine Stunde blockierten die beiden Einsatzfahrzeuge die ganze Straße, alle Türen sperrangelweit geöffnet, Wiebkes Bruder musste daraufhin samt Schlepper und Saatmaschine bis ins Nachbardorf zuckeln, um von hinten an den Acker für den Sommerweizen zu gelangen. Unterdessen verstarb der Nachbar. Irgendwann fuhr der Bestatter vor, respektvoll im Schneckentempo. Was Wiebke diesmal nicht mehr überraschte: Genau wie bei Luis spaltete sich die Welt in zwei Teile. Der eine drehte sich normal weiter, Rasenmäherlärm, Kinderlärm, Hühnerlärm, Kuhlärm, doch darüber lag – wesentlich lauter – eine ehrfürchtige Art von Stille. Im Staub eine Süße von beklemmender Intensität. Schwer, so schwer.

Der Nachbar ist schon alt gewesen, ein unfreundlicher alter Mann mit Glatze, weit über achtzig, aber nicht krank, soweit im Dorf bekannt. »Kannst du nicht grüßen?«, pflegte er loszupoltern, sobald Wiebke auch nur in seine Nähe kam.

Gestern hat sie, weil es sich so gehört, der Witwe ihr Beileid ausgesprochen, als diese gerade dabei war, kistenweise Leergut in den Kofferraum ihres Kombis zu hieven, was ihre Konzentration so sehr in Anspruch nahm, dass sie keinerlei Reaktion zeigte. Das Autodach voll mit Vogeldreck.

»Können Sie nicht grüßen?«, hat Wiebke gefragt, und ein Ruck ging durch ihren Körper. Danach war die Welt endlich wieder ganz. Die gute alte, bekiffte Scheibe. Bei Luis hat es länger gedauert, dauert es eigentlich immer noch an, hört vielleicht nie mehr auf, denn er war ein Kind.

Wiebke findet es unerträglich, dass überhaupt gestorben wird, alt oder jung oder irgendwas dazwischen, es macht sie krank. Früher hat sie sich eingeredet, ein sensibler Mensch zu sein, sensibel im Sinne von mitfühlend, aber ehrlich gesagt geht es ihr bloß um die eigene Haut. Wie den anderen auch. Außer vielleicht Müttern. Mütter sind ein Sonderfall.

Ein schwacher Trost: Heute ist kein Tag zum Sterben, sicher nicht. Die Flammen haben sich eingegroovt, orangerote Feuerzungen schlängeln durch das trockene Gras, suchen und finden neue Nahrung. Eine Diebin, kein Killer. Klauen ist nicht das Gleiche, wie jemanden umzubringen. Jemanden umzubringen ist nicht das Gleiche wie unterlassene Hilfeleistung. Unterlassene Hilfeleistung, wenn man nicht mitbekommt, dass jemand stirbt, ist einfach Pech.

»Vollfeuer!«

»Melder zur Stelle.«

»Wasser kommt.«

Unten praktizieren die Feuerwehrleute Feuerwehrgedöns samt Helm und Atemschutz. Der nächste Hydrant ist kilometerweit entfernt, Wiebke weiß Bescheid, sie haben einen kleinen Wasservorrat an Bord, sechshundert Liter, dazu Schaummittel, aber löschen können sie das Heu damit nicht, viel zu viel Aufwand, zumal der Schaum die reinste Chemiekeule ist und das Erdreich verseuchen würde, das müsste man ansonsten hinterher abtragen. Also ein bisschen Drama fürs Landvolk, kontrolliertes Abbrennen, das Umfeld benässen, während drüben im Dorf ein Streifenwagen die Straßen abklappert, für Wiebke unsichtbar, sie hört bloß die Lautsprecherdurchsage. Türen und Fenster geschlossen halten. Der Wind, seit Tagen beständig, hat plötzlich die Orientierung verloren, wechselt die Richtungen, wie es ihm passt, weshalb die Rauchwolke laufend ihre Form ändert, von einem Keil zu einer Fratze und dann zu einem wolfsähnlichen Wesen mutiert, das zum Sprung auf das aufmüpfige Haus der Strassers ansetzt. Braves Feuerlein, richtige Adresse, denn wer oder was müsste jetzt eigentlich brennen, wenn es tatsächlich so etwas gäbe wie ausgleichende Gerechtigkeit?

Um das Heu tut es Wiebke ehrlich leid. Da steckt die Arbeit ihrer Leute drin, ihre eigene. Knochenarbeit. Wer keine Knochenarbeit will, braucht hier nicht herzukommen und mit ihrem Vater rumzumachen.

SCHEIBE

Die Welt ist eine Scheibe. Beweis: Manche fallen runter, ein ständiges Stürzen und Aufschlagen, die meisten merken es bloß nicht. Wiebke kennt einige, die fallen, und etliche, die kurz davor sind. Und sie? Im Endeffekt könnte sie (wie ihre Mutter) zu den Klebenbleibern gehören, nur so ein Gefühl. Ziemlich lausige Vorstellung.

Milan hasst es, wenn sie das Wort »Scheibe« in den Mund nimmt. So ist er: Nimmt nichts ernst, muss ständig alles und jeden ins Lächerliche ziehen, aber sobald sein heiß geliebtes Weltall ins Spiel kommt, hört für ihn der Spaß auf.

Wie neulich im Bad, Thema: Unendlichkeit.

»Gibt es nicht, wenn du mich fragst, alles Erfindung, genau wie Religion. Wer den Mist glaubt, ist nur zu feige zum Abkratzen.«

»Das sagt die Richtige.«

Sie standen dicht beieinander im Badezimmer von Milans Eltern. Auf dem Boden statt Fliesen ein langfloriger Teppich, so dick, dass seine einladende Nachgiebigkeit mühelos das Gummi ihrer Schuhsohlen durchdrang. Im Spiegel betrachtete sie zuerst Milans Klassensprechergesicht mit der randlosen Brille und dem schwach ausgeprägten Kinn, dann ihr eigenes, sommersprossig und schmal, die Augen leider nicht blau wie die ihrer Geschwister, sondern habichtartig, eine Schattierung wie dunkler Bernstein oder Eistee.

Milan, sehr sachlich: »Warum bist du so ätzend?«

»Wenn das Universum überwiegend aus dunkler Materie besteht, wieso sollte dann ausgerechnet meine sterbliche Seele eine Ausnahme darstellen?

»Deine Seele ist ein schwarzes Loch.«

Das hat Wiebke gefallen. Sie hätte das Gespräch gern noch etwas in die Länge gezogen, den eigenen Gedankengang weiterentwickelt, um herauszufinden, ob sich dahinter Hoffnung oder das Gegenteil oder am Ende (wie bei den meisten Gedankengängen) gar nichts verbirgt, aber Milan hat angefangen, sie zu küssen, und sie überprüfte im Spiegel, ob sie dabei als Paar eine gute Figur machten. Spiegelverkehrt sah es schon ziemlich gekonnt aus.

Küssen ist leicht, vor allem mit Milan, aber sobald ihr jemand richtig an die Wäsche will, verliert Wiebke die Nerven. Alle anderen haben schon oder lügen zumindest so versiert, dass sie ihnen nicht auf die Schliche kommt. Sie ist spät dran, vor der Oberstufe muss etwas passieren, sprich in den Sommerferien. Was sie am meisten stört: Sie hat keinen Schimmer, wie sie es anstellen soll, gut im Bett zu sein. Während ihr Ehrgeiz in vielerlei Hinsicht unterentwickelt ist, will sie, wenn es um Sex geht, am liebsten von Anfang an in der oberen Liga mitspielen. Wo doch alle Welt so einen Zirkus darum veranstaltet. Am liebsten hätte sie ihr erstes Mal nicht mit Milan, sondern mit Clemens, dem sie allein schon wegen des Alters den größeren Durchblick zutraut, doch selbst während der Phase ihrer gemeinsamen Autofahrten sind jegliche Versuche, ihn anzumachen, kläglich gescheitert. Nicht mal fummeln, keine zufälligen Berührungen, nichts. Er war und ist einfach zu anständig (man könnte auch »artig« sagen). Wieder ein Punkt, wo die Welt zu Ende war.

Janas Mann. Nachts, wenn sie nicht schlafen kann, zermartert sich Wiebke regelmäßig das Hirn, wie sie ihn dazu bringen könnte, wenigstens wieder mit ihr zu reden. Vielleicht sollte sie einfach einen Versuch starten. Sie könnte ihn zum Beispiel in der Redaktion besuchen. Soweit Wiebke weiß, hat Clemens sich nie öffentlich über Sieben Sieben geäußert und keine Mutmaßungen angestellt. Obwohl er mindestens genauso zu kämpfen hat wie Jana, blieb er die ganze Zeit fair.

Wie so oft, wenn sie mit Milan zusammen war, verharrten Wiebkes Gedanken bei Clemens, was sich schlecht verbergen ließ.

»Was ist denn jetzt schon wieder?«, maulte Milan, nachdem sie seine Hand energisch aus ihrer Jeans gepflückt hatte. Die Abendsonne warf ein einladendes Viereck auf den dicken, weichen Teppich.

»Scheibe«, lautete Wiebkes Antwort.

AIRTIME

Gegen das Fallen an sich ist nichts einzuwenden, weil es rauschhaft ist, manchmal sogar Schwerelosigkeit vorgaukelt, wonach sich jeder früher oder später sehnt, allerspätestens nach dem ersten Bandscheibenvorfall, wie Clemens kokettieren würde, da er schon zwei davon hatte. (In der unteren Lendenwirbelsäule, weshalb er jetzt auf Anraten seiner Physiotherapeutin abwechselnd im Stehen und Sitzen moderiert.) Sie haben über das Fallen gesprochen, Clemens und sie. Er ist jemand, mit dem man über alles reden kann, er macht sich viele Gedanken. Wo andere mit dem Denken aufhören, fängt er erst richtig an.

Wer nie fällt, verpasst Airtime – definitiv ein Manko. Colossos ist der ideale Ort, um sich damit vertraut zu machen, ganz ohne Risiko. Wenn es losgeht, riecht es nach Schmieröl und den schneller und flacher werdenden Atemzügen ringsum, nach Kaugummi, Knoblauch, Deo. Der Haltebügel rastet ein, das Ticktack der Kette, aufwärts, man macht sich bereit: bloß locker bleiben, aber nicht zu sehr. Der Blick geht weit über die Heide. First Drop. Das Gefühl lässt sich nicht beschreiben, ein Rausch eben. Nur Feiglinge schließen die Augen. Nur Wichtigtuer kreischen.

Für Wiebkes Rückkehr an die Spitze der Klassenhierarchie war es nützlich, dass die meisten Mädchen gekniffen haben. Anna natürlich nicht, aber hinterher war sie ein Wrack, während Wiebke dreimal Colossos und zweimal Desert Race absolvierte ohne ein Zeichen von Übelkeit. Für mehr war keine Zeit. Bei Desert Race geht es nur um den Start, katapultartig von null auf hundert in zweieinhalb Sekunden, eher was für Milan mit seinem Weltraum-Spleen. Klar ist es krass, mit dem Fünffachen der Erdbeschleunigung gegen den Sitz gepresst zu werden, das Gesicht wie ein Wackelpudding, doch für Wiebke braucht eine Achterbahn ein atemberaubendes Gefälle, die Illusion, abzuheben. Die Arme des Himmels weit geöffnet. Fangt mich auf, Federwolken, schlagt mir die Bettdecke zurück, klopft das Kissen auf, baut mir ein Haus in den Lüften, ein blaues, wo keiner es sieht.

Auf der Rückfahrt im Bus Milans plötzliche Bereitschaft, neben ihr zu sitzen, nachdem er vormittags vor seinen Kumpels noch so getan hat, als seien sie überhaupt nicht richtig zusammen.

»Du bist echt eine coole Sau«, hat er ihr zugeraunt, leise, aber laut genug, dass andere es hören konnten. Seine Lippe war geschwollen, ein Missgeschick im Colossos: Beim Armehochreißen hat er sich selbst eine verpasst. Hatte er auch verdient. Sie hielten Händchen bis zum Schluss, bis sie – zum Ausklang – hinter den Fahrradständern noch einen Joint rumgehen ließen und es Wiebke gelang, für eine Weile genauso albern zu werden wie die anderen.

Ein Triumph, der ganze Tag.

Nein, nicht der ganze. Zu Hause waren die Eltern nach Frankreich zur Viehauktion abgereist, und in Vertretung schwang sich Jarik zum Patriarchen auf, überfiel sie auf der Treppe mit zorniger Autorität, die rettende Zuflucht ihres Zimmers in Sichtweite, aber unerreichbar.

»Du hast vergessen, die Wiese zu mähen. Hinterm Schuppen. Kannst gleich loslegen.«

»Mach's doch selbst.«

»Nein. Du bist dran.«

»Und wenn schon.«

»Nichts und wenn schon. Du bist dran. Du solltest das gestern schon erledigen. Immer kannst du dich nicht drücken.«

»Kann ich nicht?«

»Nein, kannst du nicht. Heute nicht.«

Womit er irgendwie recht hatte, sonst hätte sie wohl kaum den schäbigen alten Wolff-Benziner hervorgeholt und sich ohne Abendbrot an die Arbeit gemacht. Der älteste Sohn, eine Instanz, Kronprinz in Gummistiefeln. Jarik ist einer, der nicht lockerlässt, bevor er seinen Willen kriegt, er ist größer als Wiebke, als alle anderen in der Familie, ein Stier, seine Haltung auf der Treppe eine unverhohlene Gewaltandrohung. Hat sie deswegen eingelenkt – große Klappe im Colossos, Mäuschen daheim? Und wenn schon, Jariks Bereitschaft, seine körperliche Überlegenheit rücksichtslos auszunutzen (was er bestimmt nicht von den Eltern gelernt hat), flößt jedem Respekt ein.

Als Wiebke mit dem Mähen fertig war, hatte das lose Geflecht weiß leuchtender Federwolken sich zu einem Schleier verdichtet. Vorboten einer Schlechtwetterwarmfront. Die Arme des Himmels fest verschränkt. Wiebke hatte drei neue Bremsenstiche und eine Mordswut im Bauch.

Prinzip Ausbeutung, so läuft das im Familienbetrieb. Früher gab's Knechte, später Zwangsarbeiter (Oma Irmi nennt sie immer noch Fremdarbeiter, als wäre damit alles geritzt), heute beschäftigt man Polen für kleines Geld. Wer sich keine Polen leisten kann, nimmt Rumänen. Wem die auch noch zu teuer sind, der lässt seine Kinder schuften, die kosten nichts, sondern bringen haufenweise Kindergeld: Mehr als fünfhundert Euro kassieren Wiebkes Eltern jeden Monat vom Staat. Und sie bekommt nicht mal ein vernünftiges Handy.

Wie sie die Hofarbeit hasst. Wenn es nach ihr ginge, würde sie keinen Finger rühren. Es stimmt, sie drückt sich, sooft es geht, mit voller Absicht. Der Tag wird kommen, an dem sie sich traut, Jarik oder ihrem Vater oder ihrer Mutter alles vor die Füße zu schmeißen. Allerdings müsste sie dafür noch einmal nach Hause zurückkehren. Was sie nicht vorhat.

In derselben Nacht fiel Regen, milde, schleimige Tropfen. Wiebke weiß nicht mehr, warum sie bei dem Wetter so spät noch draußen herumlief, jedenfalls konnte sie nicht schlafen, ihr war, als säße sie noch in der Achterbahn. Aber sie hätte ja auch fernsehen können. Oder am Computer rumdaddeln. Dann wäre ihr die Begegnung mit Jarik erspart geblieben.

Ihr eigener Bruder, Kronprinzbauer Jarik, zusammen mit seinem besten Freund Jens und einem fremden jungen Mann in der Jauchegrube. Barfuß. In einem Brautkleid. Der Unbekannte splitternackt, ein hellhäutiger, güllegebräunter Adonis, untenrum ziemlich gut ausgestattet. Jens mit Filmkamera. Die drei sahen aus, als erlebten sie ohne jegliche Beschleunigung just die Airtime ihres Lebens. Zumindest so lange, bis sie Wiebke entdeckten.

»Das war für ein Videoprojekt. Ein Kunstwettbewerb«, schwor Jarik Stunden später, nachdem er das Schloss ihrer Zimmertür mit seinem Taschenmesser geknackt hatte. Nicht dass sie gefragt hätte.

»Kunst? Ja, ist klar.«

»Als ob du was davon verstehen würdest.«

»Aber du, oder was?«

Er drohte ihr sogar. »Ich weiß Sachen über dich, die Mama und Papa besser nie erfahren.«

Falls er annahm, sie wäre imstande, ihren Eltern alles haarklein zu schildern, kannte er sie schlecht. Im Gegensatz zu ihm besaß Wiebke so etwas wie ein Schamgefühl. Und das Fass lief gerade dermaßen über, ihr war ganz kotterig vor Scham, sodass sie nicht einmal Kapital aus dem ganzen Schweinkram schlagen konnte. Eine kleine Erpressung, das wäre es doch gewesen. Stattdessen war sie voll und ganz damit beschäftigt, bleibende Schäden auf ihrer Netzhaut abzuwenden, indem sie den Brautkleid-Impressionen hartnäckig die Erlebnisse im Heidepark entgegenzusetzen versuchte, was nicht wirklich gelang. Federwolken, Wolkenschleier, Brautkleid (bleibt Brautkleid!).

»Wiebke, ich warne dich.«

»Hau bloß ab, du schwule Sau.«

Seither haben sie nur noch das Nötigste miteinander geredet. Also nichts.

INDIGO

Manchmal entzündet sich Heu von ganz allein. Eine Glasscherbe kann genügen, Sonnenstrahlen im richtigen Winkel, Hitze. Oder es entstehen feuergefährliche Fäulnisgase, weil im Innern eines Rundballens ein Tier verwest, eine Maus, vielleicht sogar ein Marder. Könnte doch sein. Die Feuerwehrleute müssen nicht notwendigerweise von Brandstiftung ausgehen. Außer sie finden das Feuerzeug.

Wiebke, sonst kein Feigling, will mit dieser Sache keinesfalls in Verbindung gebracht werden. Es fühlt sich gerade ziemlich beschissen an, ein schäbiger kleiner Racheakt, unterste Schublade, fast so wie Brunnenvergiften. Das Unbehagen, das sie beim Wegrennen so mühelos eingeholt hat, hält sich hartnäckig. Sie hätte ihren Vater und Jana ja auch zur Rede stellen können. Wenn Reden nur etwas mehr zu ihren Stärken zählen würde.

Unten beim Feuer ebbt der Andrang immer noch nicht ab. Inzwischen ist Wiebkes Familie eingetroffen, sogar Oma Irmi hat ihre rotfleckigen Pergamentpapierbeine in Bewegung gesetzt, das weiße Haar am Hinterkopf vom Mittagsschlaf in der Hollywoodschaukel auftoupiert. Wie Zuckerwatte. Alle Geschwister sind da, dazu die Nachbarn, abgesehen von der Witwe von schräg gegenüber das halbe Dorf. Womit nicht die Leute aus dem Neubaugebiet gemeint sind, die zählen extra und stehen folgerichtig ein wenig abseits, grüppchenweise, nur Frauen und Kinder, die meisten Männer arbeiten in der Stadt wie Clemens.

Enttäuschte Langeweile macht sich breit, steigt als kollektives Murren auf zu Wiebke ins Versteck. Die Flammen haben an Glanz eingebüßt. Das Feuer ist umzingelt wie die Beute einer Hetzjagd, ein gefangenes Wildtier, ein vorzeitliches Geschöpf, satt gefressen, gedunsen von der fetten Mahlzeit, hält es die Bluthunde zwar noch auf Abstand, aber bis zur Kapitulation aus Erschöpfung ist es bloß noch eine Frage der Zeit. Sein Atem ein aschener Hauch. Der Puls der Menge: entschleunigt.

Als das Haus der Strassers seinen unerhört blauen Anstrich erhielt, kamen auch ein paar Schaulustige. Leute, die zuvor jahrelang gegen das Neubaugebiet gekämpft hatten, emsige Unterschriftensammler, misstrauisch gegen die Neubürger, voller Angst, die nahe Stadt würde sich das Dorf über kurz oder lang einverleiben – in Wiebkes Augen damals eine eher verlockende Aussicht. Und dann dieses Haus, das sämtliche Befürchtungen zu bestätigen schien: ultramodernes Design, ein Zylinder mit elliptischer Grundfläche, zwei hohe Stockwerke, ziemlich viele schmale, hohe Fenster, eine Dachterrasse, auf der später Birken in Kübeln wachsen sollten, was zu dem Zeitpunkt allerdings noch niemand ahnte.

Die Farbe des Neubaus erregte sogar noch mehr Aufsehen als die Form. Selbst die Bauarbeiter vom Neubau gegenüber schüttelten die Köpfe, einem rutschte ein Balken aus der Hand, weil er so starrte. Die Bauherren selbst machten sich rar.

Indigo. Wie der Himmel nach einem Hagelschauer, das Meer im Abendlicht. Das letzte Blau vor Violett. Die Maler mussten dreimal anrücken, bis die Fassade genauso aussah, wie Jana und Clemens es sich vorgestellt hatten. Am liebsten hätten sie, laut Clemens, keine synthetische, sondern natürliche Farbe auftragen lassen, aber das wäre unbezahlbar gewesen. Er und Jana hatten sich ohnehin schwer verschuldet, um das Haus nach ihren Wünschen entwerfen und bauen zu lassen. Dass sie tief bei den Banken in der Kreide standen, war so ziemlich das Einzige, was sie mit Wiebkes Eltern gemeinsam hatten.

Also Chemie statt Zucker, eigentlich schade. Echtes Indigo wäre nämlich eine Zuckerverbindung gewesen, das hat Clemens Wiebke erklärt, zu finden in den Blättern der Indigopflanze. Zusammen mit Pisse und Pottasche gärt daraus das herrlichste Blau unter der Sonne. Noch krasser ist die Entstehung von natürlichem Purpur: ein schmieriges Sekret aus Schneckenschleim, wertvoller als Juwelen. Um ein einziges Kleidungsstück von einem x-beliebigen Kirchenfürsten zu färben, mussten im Mittelalter Zehntausende Schnecken dran glauben.

Solche Geschichten erzählte Clemens früher nicht nur Wiebke im Volvo, sondern auch seinen Hörern. Als er noch das Morgenmagazin moderieren durfte, haben sie beim

Frühstück manchmal das Radio eingeschaltet, weil alle (abgesehen von Oma Irmi) es cool fanden, den Sprecher persönlich zu kennen: »Clemens Strasser heute früh für Sie am Mikrofon, ich habe das Gefühl, liebe Hörer, das wird wieder ein phantastischer Tag in der sonnigsten Stadt der Welt. In der nächsten Stunde können Sie mich im Studio anrufen, diesmal geht es um die Frage: Wo lebt es sich besser – in der Stadt oder auf dem Land? Nutzen Sie unsere kostenfreie Hotline.«

Jarik: »Na los, ruf da doch endlich mal an, Wiebke. Das ist doch dein Thema.«

»Ruf doch selbst an.«

»Du bist doch sein größter Fan.«

»Bin ich gar nicht.«

Neuerdings macht Clemens diese blöde Sendung mitten in der Nacht, wo ebenfalls umsonst angerufen werden kann. Lauter verzweifelte, vereinsamte und verquere Gestalten kommen zu Wort, berichten von Schicksalsschlägen und zerstörten Beziehungen, da sind Vorträge über Farbgewinnung natürlich null gefragt. Clemens als Seelentröster, der stundenlang zuhört und jedem Mut zuspricht. Seine Radiostimme verblüfft noch immer, weckt größere Erwartungen, als sein müder Blick, seine schiefschultrige Haltung je erfüllen könnten. Eigentlich müsste er sich selbst anrufen.

Keinzuckerhaus. Wiebke hat gegoogelt, in der Farbtherapie ist Blau die Farbe der Ruhe und Unendlichkeit, aber auch des Loslassens. Ob Clemens das wusste? Vielleicht hätten die Strassers ihre Ellipse anders streichen lassen sollen, vielleicht war die Farbe doch ein wenig drüber, nein, sie war definitiv weit drüber in einer Gegend, wo fast alle Häuser aus roten Ziegeln errichtet werden, und das immer schon, seit es Ziegel gibt. Von ihrer Baumkapsel aus betrachtet, kommt Wiebke der Zusammenhang logisch vor, möglich, dass nichts Schlimmes geschehen wäre, hätte man sich beizeiten für eine andere Fassadenfarbe entschieden, idealerweise ziegelrot. Sind es nicht oft Kleinigkeiten, die über Sieg oder Niederlage, über Leben und Tod entscheiden? Wie im Film, wo die Wechselbeziehungen zwischen Schicksalhaftem und Alltäglichem von vornherein offengelegt werden, indem die Musik anschwillt oder plötzlich aussetzt oder die Kamera ein Gesicht bedeutungsschwer heranzoomt. Ein verpasster Flug. Eine Umarmung zu wenig, ein Wort zu viel, eine falsche Entscheidung: Gehen oder bleiben? Rot oder Blau? Ist das das Leben?

DAS WAHRE BUNT

Lange bevor Wiebke und Clemens Freunde wurden, hatten sie eine geheime Form der Verständigung entwickelt, anfangs zufällig, später mit System, ein stummes Zusammenspiel aus Blicken und Gesten, mit dem sie einander versicherten, in einer bestimmten Situation exakt dasselbe wahrzunehmen und aus dieser Wahrnehmung dieselben Schlüsse zu ziehen. Keine Selbstverständlichkeit. Die meisten sehen ja doch nur das, was sie sehen wollen, ohne zu ahnen, dass sie die wirklich verrückten Dinge überhaupt nicht sehen können, selbst wenn sie es wollten. Beispiel Sonnenlicht: In einem einzigen Sonnenstrahl verbergen sich sämtliche Farbtöne der Welt, und nur weil Menschen nicht imstande sind, sie herauszufiltern, erscheint es in ihren Augen weiß, eine Schutzfunktion des Gehirns, damit man nicht schon beim puren Betrachten der Dinge bekloppt wird.

»Siehst du das Bunt?«, hat Clemens sie in seiner Eigenschaft als Farbfetischist an einem wolkenlosen Dezembertag auf die Probe gestellt, als sämtliche Farben im Gleißen des Mittagslichts verblassten.

»Klar sehe ich es, der absolute Irrsinn. Weiß ist das wahre Bunt.«

Natürlich sahen sie es nicht wirklich, aber sie waren ziemlich dicht dran. Wenn Wiebke probiert hätte, dasselbe mit Milan durchzuspielen, hätte er nur wieder den Musterschüler zum Besten gegeben, wie bei ihrem Dauerclinch wegen der Scheibe und dem ganzen anderen Quatsch. Am liebsten wäre sie mit Milan und Clemens gleichzeitig zusammen. Beide haben ihre Stärken. Beide werden sie jetzt nicht retten.

Dass Clemens ihr seit Sieben Sieben aus dem Weg geht, findet Wiebke zwar ungerecht, doch in gewisser Weise leuchtet es ihr ein. Zumal ihrer Freundschaft – obwohl sie die ganze Zeit brav geblieben sind – von vornherein etwas Schamloses anhaftete, ein Umstand, der Wiebke gefiel, ihm jedoch zu schaffen machte. Er benötigte ständig Ausreden (auch vor sich selbst), um Zeit mit ihr zu verbringen: das Praktikum beim Sender, das er ihr verschafft hat, die gemeinsamen Mittagspausen, sein hilfsbereites Angebot an ihre Eltern, sie morgens und abends im Auto dorthin mitzunehmen. Seine Bereitschaft, die verhauene Physikarbeit mit ihr durchzugehen. Auch die Idee, Jana als neue Chorleiterin vorzuschlagen, stammte von ihm. Er war bei jedem Konzert dabei und half mit der Technik.

»Was hast du eigentlich mit dem?«, wollte Anna nach dem ersten und letzten Radioauftritt des Chors wissen. Sie waren ziemlich gut gewesen. Vorm Fenster des Studios hatte der Fernsehturm im Takt geblinkt, Mut machend wie ein

Leuchtturm auf einer Klippe. Die Redaktion hatte Beifall geklatscht, Clemens' Lass-dich-mal-drücken-Umarmung war deutlich länger und fester als üblich ausgefallen. Annas Fragerei auf dem Rückweg zur U-Bahn riss Wiebke aus ihrer Euphorie.

»Wiebke, sag doch mal. Was hast du mit Clemens Strasser zu schaffen?«

»Nichts. Wir sind befreundet.«

»Wie befreundet?«

»Einfach so.«

»Der ist über vierzig!«

»Na und?«

»Ist der pervers, oder was?«

»Quatsch. Wir verstehen uns einfach. Er ist ein Freund der Familie. Meine Eltern und Strassers kommen gut miteinander aus.«

»Nicht mehr lange, wenn der dich noch oft so anstarrt.« Tja, Clemens Strassers geile Blicke – ein Heidenspaß. Wiebke hatte sie sich erarbeiten müssen. Am Ende hatten Hüfthosen im Schlabberlook und das superenge T-Shirt mit Strass-Schmetterling den Durchbruch gebracht, nahezu bauchfrei, versteht sich. Sonntagmittags bei ihnen in der Küche, Clemens und Jana waren spontan vorbeigekommen. Wiebke hatte sich in Cheerleader-Pose vor den Kühlschrank gestellt und Milch aus der Flasche getrunken – und Clemens hatte ihr dabei zugesehen. Ihren Bauchnabel taxiert, die Brustwarzen. Sie hatte sich die Milch in Zeitlupe von den Lippen geleckt und ihn gefragt, ob er auch welche wolle.

Natürlich wollte er.

Die erste Berührung beim Überreichen der Flasche – seine Haut fühlte sich gut an, glatt, aber nicht weich. Manikürt. Clemens war nervös und stellte sich ungeschickt an beim Trinken. Fast hätte Wiebke den Tropfen, der sein Kinn entlanglief, spontan weggeküsst, aber dann hatte sie doch den Zeigefinger genommen, um ihn von dem kleinen Malheur zu befreien, das er nicht zu bemerken schien. Es lief ohnehin fast auf dasselbe hinaus. Anschließend steckte sie den Finger in den Mund und lutschte daran, womit sie den Bogen bewusst überspannte. Es sollte witzig sein. Der verschmitzte Ausdruck in seinen Augen hatte sie wissen lassen, dass er jedes Wort verstand, das sie nicht aussprach. Sie standen sehr nah beieinander, ihre Kraftfelder verschmolzen und produzierten dabei eine Mordshitze. Das konnte jeder fühlen.

Janas entgeisterter Gesichtsausdruck. Wiebke hatte sie eiskalt angelächelt, bis ihre Mutter begriff, was vor sich ging, und sie aus der Küche jagte.

»Okay«, sagte Wiebke ein paar Wochen später in der U-Bahn zu Anna. »Ich geb's zu. Wir ficken.«

»Besorgt er's dir richtig hart?«

»Darauf kannst du wetten.«

Die Leute ringsum schauten pikiert, manche auch amüsiert. Anna und sie haben sich kaputtgelacht.

Und jetzt fickt seine Frau ihren Vater im blauen Keinzuckerhaus.

Weiß ist das wahre Bunt.

Die Frage ist doch die: Wie soll man Verfehlungen solcher Art übertrumpfen? Verglichen mit ihrem Vater ist sie das reinste Mäuschen, dabei ist es ihr gutes Recht als Tochter einer Familie, die einem so viele Opfer abverlangt, mit Kiffen und Klauen und allgemein flegelhaftem Benehmen den Vogel abzuschießen.

Wenn sie bedenkt, wie viele Regeln ihr Vater aufzustellen beliebt:

- Wann sie zu Hause zu sein hat (immer früher als ihre Freundinnen, denn es gibt ja so viel zu tun)
- Wie sie sich zu kleiden hat (möglichst preiswert und so züchtig, dass Oma Irmi nicht vor Schreck der Schlag trifft, was bedeutet: Minirock gerade eben, Hot Pants unter keinen Umständen)
- Wofür sie ihr eigenes Taschengeld, das sowieso nie reicht, ausgeben darf (nicht für Alkohol oder Anziehsachen, die gegen die Oma-Irmi-Klausel verstoßen, sowie am allerwenigsten für sämtliche Waren vom Discounter, das wäre ja Kumpanei mit dem Antichrist, weil Aldi und Co. bekanntlich den Milchbauern die Preise kaputt machen).

All das dient seiner Meinung nach einem einzigen Ziel: der Familie gerecht zu werden, und zwar aus Respekt vor den neun Generationen Voss vor ihnen und denen, die noch kommen werden. Seine Wahrheit. Wiebke würde gern verstehen, warum er sie außer Kraft setzt.

BLATTGOLD

Auf dem Feldweg spielen die jüngeren Kinder jetzt Fangen, und die Erwachsenen sehen ihnen dabei zu, anstatt nach Hause zu gehen. Wiebke fühlt sich bedrängt. Sie hat einen Krampf in der Wade, massiert sich die Muskeln, Tränen in den Augen, ob aus Schmerz oder Wut oder Angst, weiß sie nicht, und sie will es auch nicht herausfinden. Sieht ja keiner, dass sie heult. Heulen kommt allgemein nicht so gut in ihrer Familie.

Mal ehrlich, die meisten Leute stinken. Der Rauch, nicht mehr der Rede wert, kann nicht länger darüber hinwegtäuschen. Was Wiebke nicht kapiert: Wenn das Gehirn sich so viel Mühe gibt, die Farbenflut des Sonnenlichts zu neutralisieren, warum lässt es einen mit all diesen Gerüchen allein? Süßliche, bittere oder ranzige Ausdünstungen, manche riechen auch wie abgestandener Heringssalat – eine Mischung aus altem Fettfisch und Essig –, da kann kein Parfüm, kein Deoroller, kein Weichspüler drüber hinwegtäuschen, im Gegenteil, die unnatürlichen Duftpartikel scheinen sich an den organischen Gerüchen zu reiben, wodurch die erstickende Vielfalt besonders gut zur Geltung kommt. Der Stallmist von heute früh, angewärmt von der Sonne. Der frische Buchenatem (auf verlorenem Posten). Fliegendreck. Sand, schwarze Erde, Vieh – und natürlich immer noch das Feuer, das sich Zeit lässt mit seiner Henkersmahlzeit. Es wäre längst Zeit für ein bisschen Weiß in Wiebkes Nase. Überhaupt: Worte müssten ein weißes Rauschen sein, wenn die Leute zu viel reden. Das Internet ein weißes Blatt Papier auf dem Bildschirm. Weiß das Herz, das zu viel fühlt.

»Hey, Wiebke, weinst du?«

Eine Stimme dicht an ihrem Ohr, und sie gehört ihrer kleinen Schwester. Der Schreck lässt Wiebke zusammenfahren, aber sie verliert nicht das Gleichgewicht, das Geäst stützt sie bereitwillig, gibt ihr den Halt, den sie braucht. Sicherheitshalber reibt sie sich die Augen – trocken – und verneint unwirsch.

»Was machst du denn hier?«

Die Frage liegt nahe und kommt von beiden zugleich, aber Wiebke, die ein schlechtes Gewissen übertönen muss, fügt noch hinzu: »Hau bloß ab.«

»Wieso? Denkst du, das ist dein Baum, oder wie?«

»Ganz genau.«

»Ist es aber nicht. Das ist unser Baum. Schon vergessen?«
Irmi hat recht. Wiebkes scheinbar zufällig ausgewählter Zufluchtsort ist ein alter Freund. Ihre Geschwisterbuche, die höchste und stärkste weit und breit, eine Landmarke, sie fühlen sich ihr verbunden, seit sie entdeckt haben, dass sie den Stamm zu dritt gerade eben umfassen können, worauf-

hin sie sich unbedingt in der Rinde verewigen mussten, bloß die Anfangsbuchstaben, weil es mit dem Taschenmesser so eine Schinderei war. Irmi hatte viel zu wenig Kraft in ihren Händchen, den Strich für ihr I sollte unbedingt Wiebke machen. Das alles kommt ihr wie ein anderes Leben vor und ist noch gar nicht lange her, der Sommer, bevor Strassers einzogen, Freunde waren Freunde, Erwachsene waren Erwachsene – warum konnte es nicht genau so bleiben, logisch wie eine Fruchtfolge? Roggen auf Weizen auf Kartoffeln.

Wiebke blinzelt den Gedanken fort. »Ob unsere Schnitzereien noch da sind?«, fragt sie Irmi, um einen versöhnlichen Tonfall bemüht.

»Bestimmt. Weiter unten. Wollen wir die angucken?«

»Nein, ich bleib hier.«

»Dann bleib ich auch hier.« Irmi strahlt sie an. Neun Jahre zwischen ihnen, eine Ewigkeit. Sie ist immer noch ein winziges Geschöpf, spindeldürr, ohne schwächlich zu wirken, einerseits klug und weit für ihr Alter, andererseits erfüllt von kindlicher Bewunderung für ihre große und einzige Schwester: eine Rolle, die Wiebke berührt. Irmi fängt an, über das Feuer zu reden, darüber, wie tief der schwarze Rauch über den Häusern stand, und über das Heu, das verbrannt ist und niemals hätte verbrennen dürfen, das gute, duftende, herrliche Heu. Sieben ist nicht zu jung, um Bescheid zu wissen, die Eltern haben es sich gegenseitig oft genug vorgebetet: Weil immer mehr Landwirte nur noch Mais anbauen – subventionierten Mais als Rohstoff für Biogasanlagen, nicht als Tierfutter –, weil es so immer weniger Weideflächen und Getreidefelder gibt und die letzten Ernten mies waren, werden Heu und Stroh neuerdings gehandelt wie Blattgold. Wenn es denn überhaupt mal welches zu kaufen gibt. Und sie selbst können nicht genug davon produzieren mit ihren paar hundert Hektar Land.

»Wiebke, glaubst du, jetzt sind wir arm?«

»Wir waren schon immer arm.«

»Glaubst du, das hat einer mit Absicht angezündet?«

»Quatsch. Wer soll so was machen?«

Wiebke hat die Rechtfertigung bereits auf der Zunge: Wenn Irmi gesehen hätte, was sie hat sehen müssen, ihren Vater und Jana, diese Nähe, als wären sie ein Mensch statt zwei, unerreichbar wie König und Königin da oben auf ihrem Heuthron, wie er den Arm um sie gelegt hat, als gäbe es die eigene Familie nicht mehr, als hätte es sie nie gegeben, wenn Irmi statt Wiebke zu Ohren gekommen wäre, wie die Frauen im Bus über ihn hergezogen sind, dann hätte das Feuer für sie ein anderes Gesicht. Ein gerechteres. Wiebke hat einfach nicht nachgedacht, sie hatte doch nie im Leben vor, Blattgold in Asche zu verwandeln, dafür ist sie viel zu materialistisch, die Liste ihrer käuflichen Wünsche ellenlang. Was hätte sie davon, ihrem Vater noch größere Geldsorgen zu bereiten? Sie wollte doch bloß den Bann brechen. Hätte sie sonst gepfiffen, um ihn zu warnen? Er sollte runter vom Heu und endlich zur Besinnung kommen.

Ist? – Er? – Das?

Eine Lawine aus grellbuntem Sonnenlicht rollt auf Wiebke zu, die Farben der Welt explodieren in ihrem Kopf, während die kleine Schwester, nichts Böses ahnend, die Beine über dem Abgrund baumeln lässt.

»Irmi, wo ist Papa?« Schulterzucken.

Sie spähen beide nach unten. Ihr Vater ist schwer zu übersehen, ein drahtiger Mann, der andere überragt und ständig überall zugleich zu sein scheint, ein Machertyp, dazu rothaarig. Keine Spur von ihm. Wiebke wird die Luft knapp.

»Denk nach, Kleine, wo ist Papa? Hast du mit ihm gesprochen?«

»Wann?«

»Bevor du hier raufgeklettert bist, unten am Feuer?« Irmi schüttelt den Kopf. »Nee, da war Papa nicht.«

Sie muss sich irren. War ihr Vater nicht einer der Ersten unter den Helfern? Hat Wiebke ihn nicht eben noch mit der Feuerwehr quatschen sehen, Begrüßung per Handschlag? Einbildung oder Wahrheit? Was, wenn er es nicht geschafft hat, trunken vor Liebesgier, oder sie nicht, oder keiner von beiden?

»Hast du Jana gesehen?«

»Wen?«

»Jana Strasser! Die Mutter von Luis.« Schulterzucken.

»Irmi, jetzt konzentrier dich doch mal.«

»Worauf denn?«

»Ich muss wissen, wo Papa ist.«

»Aber warum?«

Auf einmal ist Bunt kein Spiel mehr, Bunt ist ein Schmerz. Als Wiebke ihre Schwester losjagt, den Vater zu suchen, überzeugt, er würde unauffindbar sein, weil sie ihn mit dem Rauch eingeatmet und auf der Zunge geschmeckt hat, ist kein Funken Weiß in ihr übrig.

NUTZLOSE BEUTE

Und wenn heute doch ein Tag zum Sterben ist? Wiebkes Vater hat seit Sieben Sieben ein komisches Verhältnis zum Tod. Eine halbe Ewigkeit benahm er sich so, als wäre sein Leben eine Eisfläche, die nicht mehr betreten werden darf, wegwerfen wollte er es dennoch nicht, lieber vom Sofa aus zusehen, wie sich sein Aggregatzustand verwandelte – von hart zu mürbe zu flüssig. Er ließ sich das geschmolzene Leben durch die Finger rinnen und stand einfach nicht mehr auf, während andere seine Arbeit erledigten, mal besser, mal schlechter, das war ihm egal. Sein Blick grau vernebelt, Schmelzwassertränen in den Augenwinkeln, die sofort wieder gefroren, wenn eines seiner Kinder sie entdeckte. Melancholie eines Regenwinters. Wiebkes Mutter wäre beinahe durchgedreht.

»Häng dich doch auf«, hat sie zu ihm gesagt, nachdem sie es monatelang mit Geduld und Verständnis versucht, ihm seine Leibspeisen und Bier an den Fernseher gebracht, Ausreden für ihn erfunden, an seiner Stelle Gülle ausgefahren,

Winterweizen gesät, Jungbullen versteigert hatte und weiß der Geier, was noch. Nicht mal an dem Abend Ende Januar, als irgendwer beutelweise Hundescheiße in ihrem Briefkasten deponierte und das Ganze anschließend mithilfe eines Silvesterböllers in die Luft sprengte, hob er den Blick. Es war nur einer von mehreren Anschlägen dieser Art und zumindest für Wiebke der unerträglichste. Wegen der Kacke. Seit die Behörden Luis' Fall zu den Akten gelegt hatten, was vielen im Dorf anscheinend nicht passte, waren sie zum Abschuss freigegeben. Wiebke verstand nicht, warum ihr Vater zuließ, dass sie so viel einstecken mussten, sie fand, trotz allem wäre es seine Pflicht, als Erstes die eigene Familie zu beschützen, aber er dachte nicht daran. Vielleicht gab er den Leuten, die ihn verdammten, insgeheim recht, fand, er würde nur bekommen, was er verdiente, oder es war ihm wirklich egal. Obwohl sie es selbst nicht schaffte, verbot ihre Mutter Wiebke und ihren Geschwistern, böse auf ihn zu sein.

Er brauche Zeit, um mit sich ins Reine zu kommen, lautete die Diagnose der Hausärztin. Sie verschrieb ihm Tabletten für Bekloppte, die Oma Irmi sofort ins Klo spülte. Damit er die ärztlich verordnete Zeit gewinnen konnte, schufteten alle anderen bis zum Umfallen. Die Narben an Wiebkes Händen und Armen sind noch zu sehen. Vom Zäunereparieren (wie immer in aller Hektik, um den abnehmenden Mond zu nutzen oder vielmehr Oma Irmi zufriedenzustellen, ihren blöden Aberglauben in solchen Dingen). Der fabrikneue Stacheldraht zerriss jeden Handschuh. Beim Sport musste sie Langarmshirts tragen wie eine Ritzerin. Die verstohlenen Blicke von Frau Scheller. Was ist da los? Soll man das Jugendamt einschalten? Was sie natürlich bleiben ließ, die feige Kuh.

Wiebke hat mitgerechnet: Im Schnitt hat sie zusätzlich zu Schule und Hausaufgaben jeden Tag fünf Stunden auf dem Hof gearbeitet, inklusive Wochenenden, den ganzen Winter lang, unbezahlt natürlich, ihren Lohn musste sie sich zusammenklauen: ein iPhone, eine Markenuhr, ein bisschen Bargeld, nicht der Rede wert. Weil sie sich weder getraut hat, das iPhone zu benutzen, noch, es zu verscherbeln, landete es im Fluss. Die Uhr hat sie noch. Eine absolute Lose-Lose-Situation für Wiebke und ihre Opfer. Einmal hat sie ihre Diebstähle gegenüber ihrem Vater erwähnt, woraufhin der nicht mal mit den Schultern zuckte. Vielleicht weil er selbst ein Dieb war, ein Zeitdieb. Genau wie sie konnte er mit seiner Beute nicht viel anfangen.

Mit sich ins Reine kam Wiebkes Vater erst jetzt mit Jana. Oder besser: *in* Jana.

»Die ganze Nacht hat er's ihr besorgt«, hat eine dieser Zicken aus dem Neubaugebiet im Bus ihrer Sitznachbarin erzählt, Wiebke, zwei Reihen dahinter, bekam jedes Wort mit, und das war definitiv Absicht. »Auf dem Esstisch, ich schwör's, die haben nicht mal die Rollläden runtergelassen, man konnte direkt alles sehen. Und hören. Wie die Tiere. Ich sag's dir. Wie die Tiere.«

Als ob so eine sich mit Tieren auskennen würde. Die Sitznachbarin wollte mehr wissen, und die Zicke ließ sich nicht lumpen, angepikst durch die Aufmerksamkeit, quollen die Einzelheiten nur so aus ihr heraus, eine teigige Frau mit einer teigigen Stimme und der Tendenz, in jeglicher Hinsicht zu sehr aufzugehen. Wiebke dachte, es sei bloß irgend so eine x-beliebige Tratschgeschichte über irgendwelche Leute. Anfangs war sie sogar ein bisschen amüsiert, wollte nur deshalb nicht länger zuhören, weil sie an Milan und seine Ungeduld und ihre lästige Jungfräulichkeit denken musste, also hat sie ihren iPod gesucht, und als sie ihn endlich gefunden hatte, ging es plötzlich um Luis. Die Frauen haben den ganzen Mist genüsslich von Anfang bis Ende durchgekaut, bis auch dem letzten Deppen im Bus (ihr) dämmerte, von wem überhaupt die Rede war. Von ihrem eigenen Vater. Und dass es sich bei dem anderen »Tier« keineswegs um ihre Mutter handelte.

Was am schlimmsten war: Beim Aussteigen hat die Teigige der anderen zugeraunt: »Die da vorn, das ist die eine Tochter. Von *ihm*.«

Das ist erst gestern gewesen. Heute dann der Anblick der beiden auf dem Heustapel. Wenn Wiebke sich das alles vor Augen führt, die Summe der Demütigungen eines ganzen Jahres, bereut sie nichts. Ihr Vater ist nicht besser als sie. Sie beide sind nicht besser als das Feuer. Man nimmt, was man kriegt, ohne Nachdenken. Das kommt erst später.

GEMEIN SEIN

Klaust du nur, weil du etwas unbedingt haben willst, oder auch, um gemein zu sein?«

Die Frage war von Milan gekommen, einfach so aus dem Nichts heraus, als sie nach der Schule bei McDonald's saßen und sich schon die zweite Runde Fritten und Cheeseburger genehmigten, die sie ganz normal bezahlt hatten. Logisch, wer lässt schon im Fast-Food-Laden etwas mitgehen? Überall Videoüberwachung.

»Manchmal«, antwortete Wiebke wahrheitsgemäß.

»Weil so viele Leute im letzten Jahr gemein zu dir und deinen Leuten waren?«

»Keine Ahnung, glaub nicht. Es macht einfach Spaß. Probier es aus.«

»Keinen Bock.«

Eine Weile aßen sie schweigend. An der Wand hinter Milan war ein riesiger Flachbildschirm festgeschraubt. Es liefen ziemlich brutale Musikvideos, die zu ihrer Stimmung passten, aber der Ton war leise gedreht.

»Wozu diese blöden Fragen?«

»Nur so. Weil wenn es dir nur um die Kohle oder die Sachen an sich gehen würde, könntest du ja auch ganz einfach jobben. So wie ich. Da bricht man sich echt keinen Zacken aus der Krone.«

»Du Arschloch. Was, glaubst du, mache ich jeden Tag? Auf der faulen Haut liegen?«

Wiebke war stinkwütend, daran konnte Milans eilig vorgetragene Entschuldigung samt Dackelblick nichts mehr ändern. Mit welchem Recht erhob er sich auf einmal zum Sozialarbeiter? Wo es ihn doch sonst immer so anmachte, dass seine Freundin gegen jede Regel verstieß und Mist baute, wann immer es ihr passte? Ja, man hatte ihr übel mitgespielt, und ja, sie hatte ungefähr zur gleichen Zeit gewisse Grenzen überschritten. Purer Zufall. Vorher hatte sie eben andere Interessen gehabt. Wenn er das eine mit dem anderen in Verbindung brachte, machte er ein Opfer aus ihr, und das würde sie nicht zulassen, denn sie war Täterin geworden aus freien Stücken. Das würde sie ihm schon noch beweisen.

Wiebke ließ den letzten Happen ihres Burgers in Milans halb ausgetrunkene Cola fallen, genoss in einem überwältigenden Anflug von Boshaftigkeit seinen verdutzten Gesichtsausdruck, während sie in aller Seelenruhe ihre Lederjacke anzog und aus dem Lokal stolzierte. Draußen trieb der Wind den Regen waagerecht über den Parkplatz, nicht mal das brachte sie runter. Sie verwünschte Milan, sich selbst und die Umstände, die ihr den ganzen Schlamassel eingebrockt hatten. Was sie so ankotzte: Vor Sieben Sieben war es für sie gerade ziemlich gut gelaufen. Der Chor angesagt wie noch nie, wer dazugehörte, galt plötzlich automatisch als cool. Sie hatte einen Haufen Freunde, eine Clique, die in der Klasse den Ton angab. Dass sie zu dem Zeitpunkt solo war, machte sie für die Jungs nur interessanter und hatte einen ebenso verbotenen wie aufregenden Grund: Clemens. Und jetzt, nachdem der Ruf ihrer Familie und damit auch ihr eigener im Eimer war, war sie auf die Beziehung mit jemandem wie Milan geradezu angewiesen, um sich zu rehabilitieren. Was nicht hieß, dass sie ihn nicht mochte, bloß diese Machtkonstellation zwischen ihnen brachte Wiebke allmählich um den Verstand. Sie spürten es beide, und Milan gab sich redlich Mühe, die Situation nicht auszunutzen, aber liebe Güte, er war auch nur ein Kerl. Und er wollte mit ihr ins Bett. Die Ermittlungen gegen ihren Vater hatten sich ewig hingezogen, die Lokalpresse, insbesondere das Anzeigenblatt, hatte eine schonungslose Kampagne gefahren, die Vorwürfe haarsträubend, ihr Vater als ehemaliges Ortsratsmitglied ein gefundenes Fressen. Den Journalisten schienen nie die Ideen auszugehen, sogar von Entführung war die Rede gewesen, als wäre die Wahrheit allein nicht schon schrecklich genug. Wiebke war es leid, Teil der ganzen Geschichte zu sein.

Der Beweis, dass gemein sein Spaß machen kann, wurde zwei Abende nach dem Eklat bei McDonald's geführt. Milan musste auf seinem Roller Pizza ausfahren, die Versöhnung hatte (auf ihr Bestreben hin) bereits morgens in der Schule stattgefunden.

»Kann ich mit? Ein bisschen mit dir durch die Gegend gurken, das wär's jetzt.«

Wie erhofft fühlte er sich geschmeichelt. »Aber ich hab null Zeit für dich, klar?«

»Geht klar.«

Sie schmiegte sich an ihn, und sie brausten durch die Nacht. Der Pizzaladen, für den er arbeitete, lag im gleichen Kaff wie das Schulzentrum, und dort spielten sich auch die meisten Touren ab. Fünfzehnmal am Sanitätsgeschäft vorbei, mit den staubfarbenen orthopädischen Ungeheuerlichkeiten im Schaufenster, am Dönerladen (eine Oase aus Wärme und Licht) und am Bahnhof, den neuerdings auch die S-Bahn aus der Stadt ansteuerte, der Anblick der roten Wagen eine Beruhigung für alle, die noch kein Auto hatten und mit dem Gedanken an Flucht spielten – und wer tat das nicht? Weiter durch die Unterführung über den einzigen zweispurigen Straßenabschnitt weit und breit, kaum dreihundert Meter lang und für die meisten die Überforderung schlechthin.

Es war nicht schwer, Milan zu überreden, einen kurzen Abstecher zum Rodelberg zu machen. Manche Kunden hatten ganz großkotzig »XXL mit allem« geordert, daher konnten sie getrost gegrillte Scampi oder scharfe Chorizo-Salami von der Riesenpizza pflücken, weil diese Idioten keinen Schimmer hatten, was »mit allem« überhaupt bedeutete. Mit Panoramablick auf die Lichter von Hamburg auf der anderen Seite der Elbe futterten sie den Leuten sämtliche Leckereien vom Hefeteig. Die fiebrigen Lichter bei Nacht, die Blase aus orangefarbener Helligkeit über der großen Stadt.

»Willkommen im Klub der Diebe«, sagte Wiebke, als Milan sich zufrieden zurücklehnte und mit dem Handrücken das Fett vom Kinn wischte. »Sag mal, wolltest du das Zeug jetzt unbedingt essen, oder ging es dir darum, gemein zu sein?«

»Ich hatte einfach Hunger. Und du hast eben diesen schlechten Einfluss auf mich.«

»Hab ich das?« Sie knabberte an seinem Hals wie ein schüchterner Vampir. »Mal ehrlich, hattest du jetzt Spaß oder nicht?«

»Großen Spaß.«

Am Ende war sie diejenige, die Milan an seine Pflichten erinnern musste. Sie wusste, er brauchte den Job. Seine Mutter war alleinerziehend, sein Taschengeld ähnlich knapp bemessen wie ihres. Als sie die Ware mit beinahe einstündiger Verspätung auslieferten, blieb er auf dem Roller sitzen, und Wiebke brachte die fettigen Pappschachteln an die Haustüren. Die Leute waren verärgert, ließen sich aber durch ihren Faltenrock, eine kleinlaut vorgetragene Entschuldigung und ein paar wenig originelle Lügen besänftigen. Sie habe ihren ersten Tag und sich ständig verfahren, dann habe auch noch der Roller gestreikt. Verständnisvolles Nicken allseits. Manche spendierten sogar großzügige Trinkgelder.

Es waren ganz verschiedene Leute. Ein fetter Jugendlicher, kaum älter als sie. Ein sportlicher Typ um die dreißig. Zwei ältere Damen. Ein paar Durchschnittstypen mittleren Alters, Familienväter. Vielleicht verprügelten sie jeden Abend ihre Ehefrauen, vielleicht hinterzogen sie Steuern (wie es Wiebkes Onkel Cord nach Meinung ihres Vaters in großem Stil tat), vielleicht waren die *Happy-Pizza*-Kunden aber auch ausnahmslos ehrenwerte, freundliche Menschen, die ein Anrecht darauf gehabt hätten, nach einem arbeitsreichen Tag schnellstmöglich eine perfekt heiße »XXL mit allem« – und zwar wirklich *allem* – serviert zu bekommen. Sie hatten einfach Pech. Es trifft die Gewissenhaften wie die Gemeinen, jeder kann Opfer oder Täter werden, wer oder was auch immer man ist, nichts schützt einen vor Beschiss beim Pizza-Service.

LISTEN

Hypothese: Ihr Kopf spielt ihr einen Streich. Sie träumt. Das Feuer, der Baum, Irmis plötzliches Erscheinen – alles nur Hirngespinste, entweder sie schläft tief und fest, oder sie ist auf geheimnisvolle Weise in einem dieser Tagträume gefangen, von denen man besser die Finger lassen sollte: wie sich die eigene Beerdigung auszumalen oder so was in der Art. Das macht doch jeder gelegentlich. Nicht?

Sollte es Wiebke nicht gelingen, ihre Theorie eiligst zu untermauern, braucht sie einen Plan B, sonst wird sie verrückt. Ein schwacher Beweis: Es gelingt ihr nicht, sich so fest in den Arm zu kneifen, dass sie etwas spürt. Gegenbeweis: Sie riecht einfach zu viel. Im Schlaf ist der Geruchssinn automatisch außer Kraft gesetzt. Sie vergräbt ihr Gesicht im raschelnden Blattwerk. Harzduft. Ein Anflug von Blütenstaub.

Okay. Angenommen, ihr Vater lebt nicht mehr, weil sie ihn abgefackelt hat, was dann? Wiebke reißt sich am Riemen und stellt zu ihrer eigenen Beruhigung eine Liste auf. Sie wird:

- aufhören zu fühlen, egal wie
- ihr Handy und ihr Feuerzeug finden, alle Spuren vernichten (falls es dafür nicht längst zu spät ist)
- ihren Egoismus in den Wind schießen
- Milan in den Wind schießen
- sich Clemens endlich abschminken (besser noch Typen insgesamt)
- ihrer Familie eine Stütze sein
- jegliches Geld, das sie jemals verdienen wird, für wohltätige Zwecke spenden
- sich um ihre Mutter kümmern
- sich um ihre Mutter kümmern
- sich um ihre Mutter kümmern.

Die Äste unter Wiebkes Hintern schaukeln im Rhythmus der Doppelkonsonanten. Mutter – kümmern – Mutter – kümmern. Ihre Mutter ist undenkbar ohne ihren Vater, ein Planet, der aus der Umlaufbahn trudelt, um wen sollte sie dann kreisen? All die schlimmen Monate über hat sie zu ihm gehalten, nicht nur im Winter, während er tagein, tagaus auf dem Sofa lag, sondern von Anfang an, beim Ansturm der Journalisten, als die Staatsanwaltschaft gegen ihn ermittelte und er von seinem Posten im Ortsrat zurücktreten musste, um die Fraktion nicht zu beschädigen.

Geht Liebe so?

Wiebke denkt an den Bikini ihrer Mutter, türkis mit weißen Punkten. Sie und Wiebkes Vater haben sich im Freibad kennengelernt, wo nach einer geteilten Portion Pommes rot-weiß und einem ersten Kuss hinter dem Seerosenteich für die beiden schon alles geritzt war, zumindest der jugendfreien Version ihrer beider Geschichte zufolge. Vielleicht stimmt sie sogar. Plötzlich wünscht Wiebke sich nichts sehnlicher.

Die Gesichter der Eltern: beide länglich mit schmalen Nasen und tief liegenden Augen, seine meerblau, ihre bräunlich wie Wiebkes, die Brauen dicht bei beiden, tiefe Lachfalten vom Zusammenkneifen gegen Sonne und Wind. Er hat eine Narbe dicht unterm Haaransatz, sie am Kinn, aber abgesehen davon sehen sie einander geradezu ähnlich. Eine unheimliche Entdeckung. Wieso hat Wiebke das niemals zuvor bemerkt? Je mehr sie sich darauf konzentriert, desto schwerer fällt es ihr, Vater und Mutter auseinanderzuhalten, ihre Gesichter verschmelzen zu einem, ein Elterngesicht mit einem bräunlichen und einem meerblauen Auge unter dichten Brauen, dazu zwei Narben, eine dicht unterm Haaransatz, eine am Kinn. Wenn ihr Mann nicht mehr lebt, wird Wiebkes Mutter dann ohne Gesicht sein?

Wiebke führt ihre Liste fort – Mutter – kümmern – Mutter – kümmern –, setzt einen Gedankenstrich unter den anderen, füllt in Gedanken Seite um Seite, die reinste Strafarbeit, fünfhundert Seiten, tausend und mehr, obgleich sie keinen blassen Schimmer hat, wie das Kümmern überhaupt vonstattengehen soll. Was kann ein Kind für eine Mutter tun? Ein Kind wie sie für diese aus der Zeit gefallene Mutter. Ihr die Tränen trocknen, die Hand halten, ihren erbitterten Fleiß kopieren? Zur Not auch das. Sie wird die Jüngeren hart rannehmen, genau, wie ihre Mutter es mit Jarik und ihr getan hat. Trödel nicht. Träum nicht. Lüg nicht.

Stell dich nicht so an. Mach nicht so ein Gesicht. Nicht in diesem Ton.

Wenn Wiebke ehrlich ist, kommandiert sie ganz gern, das hat Jana sofort bemerkt und ihr nach einer Chorprobe zum Vorwurf gemacht. Damals war sie betroffen, denn sie hielt sich eher für zurückhaltend, heute stimmt sie widerstrebend zu, das eine schließt das andere nicht aus, was die Feindschaft zwischen ihr und ihrer Mutter noch überflüssiger macht. Ausgerechnet jetzt fällt ihr auf: Es gibt vieles, was sie aus unerfindlichen Gründen gemeinsam haben. Die Vorliebe für nicht ganz reife Früchte und zerkochte Nudeln, die Fähigkeit, einen Sturm Tage im Voraus zu wittern. Sie schwimmen gern in eisigem Wasser. Sie reden mit Vögeln und Pflanzen im Gewächshaus, aber natürlich nur, wenn niemand es hört. Sie lachen zu selten und dafür dann zu laut. Stopp.

- Nicht
- noch
- eine
- Liste.

Alles bloß Rührseligkeiten. Als Nächstes wird sie anfangen, ihren Vater zu verherrlichen, nur weil er manchmal ziemlich lustig sein kann und sie früher oft in Schutz genommen hat. Zu viel Papier in ihrem Kopf. Eine Ressource, die auch nicht unbegrenzt vorhanden ist.

Endlich kommt Irmi zurück. »Papa ist bei der Saatzucht«, ruft sie schon von Weitem zu Wiebke hinauf, und während sie den Baum ohne Mühe erklimmt, werden aus einem einzigen Elterngesicht wie durch ein Wunder wieder zwei. Tausend und mehr Seiten flattern auf, der Wind trägt sie fort. Zunder für die letzten, mickrigen Heufeuerflammen.

AUF BÄUMEN

Wie hast du ihn gefunden?«

»Ich hab ihn angerufen.«

»Wie?«

»Auf dem Handy. Von zu Hause aus. Das hättest du auch selbst machen können. Du hättest nicht mal nach Hause rennen müssen. *Du* hast ja schon ein Handy. Und das lag zu Hause rum.« Irmi reicht es ihr. Sie ist stocksauer, weil sie sich ausgenutzt fühlt, ein Gefühl, das Wiebke nur allzu gut kennt. Ohne einzugestehen, dass sie in ihrer Panik nicht mal auf die Idee gekommen wäre, dem Vater hinterherzutelefonieren, selbst wenn sie ihr Handy dabeigehabt hätte, bedankt sie sich und schaltet es ab.

»Was soll das?«, fragt Irmi, die sie keine Sekunde aus den Augen lässt.

»Ich hab keinen Bock, immer erreichbar zu sein.«

Ein Schatten legt sich auf das länglich-Voss'sche Kindergesicht, pure Missbilligung. Wiebke ist klar, was ihre Schwester quält: Nichts wünscht sie sich sehnlicher als ein eigenes Handy, doch da wird sie noch warten müssen, dafür gibt es, wie für alles in ihrer Familie, ungeschriebene Gesetze. (Weitere relevante Altersbegrenzungen wären: Brautkleidertragen bei Jungs – allerhöchstens beim Fasching, bis maximal fünf Jahre. Brautkleidertragen bei Mädchen – ab einundzwanzig. In Jauchegruben – nie!)

»Du hast also mit Papa gesprochen?«, fragt Wiebke. Irmi nickt.

»Was hat er gesagt?«

»Dass er bei der Saatzucht ist.«

Im Leben nicht, denkt Wiebke und schweigt. Der lässt sich doch nicht das Blattgold unterm sündigen Arsch abfackeln, marschiert dann seelenruhig nach Hause, fährt seinen alten Lada Taiga vom Hof und zuckelt zur Saatzucht, Janas Küsse noch auf den Lippen, Heufeuerrauch im Haar. Eine überzeugendere Theorie: Jana und er überhören Wiebkes warnenden Pfiff, bemerken das Feuer erst in letzter Sekunde, springen vom Heustapel, und um ein Geheimnis zu behüten, das längst keins mehr ist, ergreifen sie wie Wiebke die Flucht vor der herannahenden Feuerwehr – desertieren, was für ein putziger Zufall, auf den nächstgelegenen Baum. Oder sie trennen sich und enden auf zwei verschiedenen Bäumen. Jana, Wiebke und ihr Vater – Pappel, Buche, Eiche oder so. Man könnte sich womöglich zuwinken von Wipfel zu Wipfel. Unwillkürlich hält Wiebke Ausschau.

»Was suchst du?«

»Nichts.«

»Kommst du mit runter zu den anderen?«

»Auf keinen Fall.«

Jana als Pappel, das passt. Allein schon wegen der äußeren Erscheinung (diese Höhe, bei schmaler, biegsamer Silhouette) und natürlich wegen der Musikalität. Andere Bäume rauschen, Pappeln singen, bereits der leiseste Luftzug setzt den mehrstimmigen Chor des Laubwerks in Gang. Auch der Duft erinnert an Jana, die silbrige Süße, wie bei einem seltenen Kristall, frisch, trocken, kein bisschen erdig. Luis war genauso, ein duftendes Pappelkind für die Pappelfrau, Pappeln stehen, anders als Buchen, nicht gern allein in der Gegend rum, deshalb gibt es hier oben entlang der Felder auch keine, sondern nur in den Senken am Fluss. Jana könnte also überhaupt nicht auf einer Pappel hocken und beispielsweise die nächstbeste Staubwolke ins Visier nehmen; die nächstbeste Staubwolke (näher kommend, komischerweise von der falschen, der Landstraßenseite her) ist folglich allein Wiebkes Problem. Denn sie gehört zu einem Streifenwagen. Das silberne Blech glänzt in der Sonne.

Sie wünschte, sie hätte selbst mit dem Vater reden können, nur kurz. Was hätte sie ihm gesagt – die Wahrheit? Wie leid es ihr tut, einfach alles, und dass ihr beinahe sämtliche Sicherungen durchgeknallt sind vor lauter Angst, ihn zu verlieren? Dass sie sich nicht nach Hause traut? Dass er an ihrer Stelle nach Hause gehen soll, die Mutter trösten und Jana in Ruhe lassen, nicht nur weil es besser für die Familie wäre, sondern auch für sie und ihn, für Clemens und wahrscheinlich sogar für das ganze Dorf, das irgendwie immer noch außerhalb seiner Umlaufbahn taumelt nach allem, was passiert ist? Dass ihn mittlerweile jeder, aber auch wirklich jeder, sie eingeschlossen, für einen abgebrühten Scheißkerl hält? Seine Stimme am Telefon kitzelt im Ohr und tönt immer eine Spur ungeduldig, aber nicht ohne Wärme, man fasst sich eben kurz, seit jeher, weil es etwas kostet. Wiebke hätte sie zu gern noch einmal gehört, das ist es, was sie sicher weiß. Ausgesprochen hätte sie vermutlich nichts von alldem, die Voss'sche Verstocktheit wäre ihr in die Quere gekommen. Aber in einem seiner besseren Vatermomente, einer regelrechten Vatersternstunde, hätte er seine älteste Tochter dennoch verstanden.

Wiebke muss aufhören, sich damit zu quälen. Sie hat ganz andere Sorgen. Wenn es dumm läuft, hat sie gleich die Polizei am Hals. Zwei Bullen, beide keine dreißig, Machotypen, aber ohne Muckis, ihr Schlendergang: abgekupfert aus amerikanischen Serien. CSI Geest. Wenn schon Polizei, dann bitte nur dicke, nette Onkels à la Wachtmeister Krause – alles andere geht gar nicht.

Als Wiebke mit der Beule in der Autotür ihres Klassenlehrers in Verbindung gebracht wurde, kam so ein ganz Lieber in die Schule, um sie zu verhören, seine Onkelhaftigkeit erwies sich als gefährlich. Ihr Geständnis hätte ihm bestimmt eingeleuchtet: Manchmal ist es hilfreich, gegen etwas zu treten, das hart ist, weil man sonst gegen etwas treten würde, das weich ist und beispielsweise zwei fischige Pädagogenaugen sowie einen Bleistiftmund hat, der Sätze von sich gibt wie: »Dein Vater steht öffentlich in der Kritik, ich weiß, dass das nicht leicht für dich ist, Wiebke, aber du kannst hier nicht kommen und gehen, wie du willst.« Zum Glück hielt sie die Klappe, und die Sache war erledigt. Mit den Cop-Imitaten da unten wird wohl auch alles glattgehen, da sie sich weder für die Ausführungen des Ortsbrandmeisters interessieren noch dafür, was Wiebkes Mutter und Jarik ihnen weismachen wollen. Die sind in einem völlig anderen Film, in dem brennende Heustapel beim besten Willen keine Rolle spielen.

Wiebke entspannt sich. Clemens mit einer Pappel in Verbindung zu bringen gelingt ihr nicht. Mit überhaupt keinem Gewächs. Obschon er derjenige war, der von einer Hamburger Baumschule sieben Sibirische Birken für die Dachterrasse seines Hauses ankarren ließ. Bevor die Dinge aus dem Ruder liefen, waren die zu Kübelpflanzen degradierten Laubbäume ein Riesenthema im Dorf. Ein klarer Fall von Hochmut, fanden die meisten, wer unbedingt ein ovales Haus in Blau bewohnen wolle, solle doch wenigstens auf dem Balkon Normalität in Gestalt von Buchsbaumkugeln walten lassen.

»Birken sind ein Fruchtbarkeitssymbol«, hat Clemens ihr erklärt, als sie ihn darauf ansprach. »Hast du das gewusst?«

Sie gab zu bedenken, dass bei ihnen auf dem Hof keine einzige stehe. »Sie ziehen Blitze an.«

»Glaubst du an solche Ammenmärchen?«

»Glaubst du an Fruchtbarkeitssymbole? Wir sind drei Kinder zu Hause, du und Jana, ihr habt nur Luis.« Worauf er die Musik lauter gedreht und sie zu Hause abgesetzt hat, ohne den Umweg über die Nebenstrecke zu nehmen. Clemens Strasser, der verkannte Buchs. Immergrün. Gefällig. Im Kern wild, aber lässt sich beschneiden.

ERDBEERE

Der Blitz, der ins blaue Haus einschlug, war Wiebkes Schwester. Gleich am Tag, als die Strassers eintrafen. Nachdem sich im Dorf die Nachricht verbreitet hatte, vor dem blauen Haus stehe ein Möbelwagen, hörte Irmi augenblicklich auf, die Hühner zu füttern, und stiefelte los, Wiebke nach kurzem Zögern auf dem Rad hinterher. Klar waren sie neugierig. Sooft sie die Baustelle zuvor besucht hatten – sie waren immer bloß Bauarbeitern und Handwerkern begegnet, also hatten sie beide in Bezug auf die zukünftigen Ellipsenbewohner ihre Phantasie spielen lassen. Irmi träumte von einer neuen besten Freundin. Wiebke von Jungs. Oder einer Model-Agentur. Oder einer als Geheimtipp gehandelten Indie-Pop-Band aus Berlin oder Köln, die sich aufs Land zurückziehen wollte, um neue Songs zu schreiben und endlich den ganz großen Durchbruch zu schaffen.

So oder so, der Zeitpunkt war günstig, es herauszufinden. Ein heißer, staubiger Tag, genau wie heute. Wiebke und Irmi sahen zu, wie zwei Männer eine Waschmaschine aus dem Vierzehntonner wuchteten, ihre T-Shirts, bedruckt mit dem Namen einer Umzugsfirma, spannten über den tätowierten Oberarmmuskeln. Von den Strassers keine Spur. Man ließ umziehen. Die Waschmaschine sah neu und teuer aus. Wiebke weiß noch, wie neidisch sie war: Sicher würden diese Leute alles neu kaufen, für ihr neues Haus in einer neuen Straße. Ein Blick in den Laderaum verriet wenig: stapelweise Kartons, die Möbel unter Plastikplanen verborgen. Weit hinten im Halbdunkel die Umrisse eines Klaviers. Das gab natürlich Pluspunkte.

»Wiebke, glaubst du, die haben Kinder?«

»Bestimmt nicht.« Schwer vorstellbar, dass Eltern ein ovales Haus bauen lassen würden. Eltern dachten praktisch. Daran, welche Möglichkeiten es gab, Schränke zu stellen. An ausreichend Stauraum. Wiebke hoffte immer noch auf etwas Spannenderes als eine Familie. Bis mehrere Kartons mit der Beschriftung »Kind« ausgeladen wurden.

Irmi buchstabierte laut und triumphierend, ihre Stimme perlte über das entstehende Viertel und erregte für einen Moment die Aufmerksamkeit der Möbelpacker, die ihr auf eine leicht schlüpfrige Weise zulächelten. Wiebke blickte schleunigst in eine andere Richtung.

»Hast du gesehen, Wiebke, das waren Sachen für ein Kinderzimmer! Da zieht ein Kind ein.«

»Na, du bist ja eine ganz Schlaue.«

»Vielleicht ein Mädchen in meinem Alter.«

»Kann sein.«

»Glaubst du? In meinem Alter?«

»Woher soll ich das wissen? Mann, jetzt starr da nicht so hin, das macht man nicht.«

»Du hast doch selbst gestarrt.«

Dann brauste der Volvo heran, wachspoliert, getönte Scheiben, parkte vor dem Möbelwagen, und Strassers stiegen aus, um ihr neues blaues Zuhause in Besitz zu nehmen. Drei schöne Fremde in schönen, teuren Kleidern aus Boutiquen in den teuren Vierteln der Stadt: Vater, Mutter, Kind. Dreckspack, schoss es Wiebke durch den Kopf, ihr gesamter Körper in einer steifen Abwehrhaltung gefangen. Die Beschaffenheit des Glücks, das die drei in diesem Augenblick teilten, war einfach zu viel für sie, man konnte es sehen und riechen und schmecken, es war wie die erste Erdbeere des Sommers, frisch abgepflückt, halbherzig von Erde befreit. Sie wollte reinbeißen. Aber es war nicht ihre Frucht.

Hat Wiebke bereits bei dieser Gelegenheit erstmals den Wunsch verspürt, den Strassers möge etwas Schreckliches zustoßen? Denn solche Gedanken gab es, und sie wurden mit der Zeit immer konkreter. Das muss sie sich endlich eingestehen, um nicht am Ende völlig durchzudrehen wie ihr Vater. Es waren doch nur *Gedanken.* Sie war neidisch, nichts weiter.

»Komm, wir gehen rüber und sagen hallo«, sagte Irmi, die offensichtlich keinen blassen Schimmer hatte, was in Wiebke vorging, und schon damals alles andere als schüchtern war. Ihr Hauptinteresse galt natürlich Luis. Wiebke ist sicher, dass sie ihn anfangs der langen Zotteln und des sanften Wesens wegen für ein Mädchen hielt und deswegen eine solche Ungeduld an den Tag legte. Jedenfalls gingen sie rüber, um sich vorzustellen, und die beiden wurden beste Freunde, Knall auf Fall.

Das war der Anfang, der erste Knotenpunkt eines komplexen Beziehungsgeflechts, das sich wie von selbst zwischen ihren so verschiedenen Familien entspinnen sollte. Sie zogen sich an wie ungleichnamige magnetische Pole. Was Wiebke sofort an Clemens gefiel: sein Haarschnitt. Da ihr Vater und ihr Bruder ihre Köpfe ausschließlich Oma Irmis Vorkriegsschere anvertrauen (und das auch noch ziemlich selten), fand sie die jungenhafte Frisur mit den kurzen Seitenpartien und der fein ziselierten Kante am Hinterkopf geradezu phänomenal. Ansonsten sah er nicht unbedingt aus wie jemand, der Erfolg bei Frauen hat, dafür wirkte er zu unsportlich. Aber immerhin hatte er Jana. Von Anfang an gegen Clemens sprach seine Angewohnheit, seine Frau zu berühren, sobald sich die Gelegenheit bot. Das kannte Wiebke von ihren Eltern ganz anders. Nicht dass Strassers in der Öffentlichkeit rumgeknutscht hätten – das zum Glück nicht –, aber er war immer darauf bedacht, seine Hand auf ihrer Schulter oder auf dem Oberschenkel oder im Nacken ruhen zu lassen oder etwas in der Art. Als er auf der Einweihungsparty die Gäste begrüßte, standen sie nebeneinander vor einem blitzblanken Edelstahlmonstrum von Grill und hakten allen Ernstes die kleinen Finger unter. Er prostete den Leuten mit dem übervollen Weinglas zu und kleckerte sich aufs Bein – ohne Jana loszulassen. Das Fett auf dem Rost knallte, er machte einen Schritt nach vorn – ohne Jana loszulassen.

Die kleinen Finger! Geht's schwuler? So etwas sollte sie

mal bei Milan probieren oder er bei ihr. (Wobei sie angesichts Jariks schräger Neigungen vielleicht aufhören sollte, »schwul« als Schimpfwort zu gebrauchen. Hat sie eine Wahl? Er ist ihr Bruder.) Clemens' Kleine-Finger-Botschaft jedenfalls war unmissverständlich: Seht her, Leute, diese umwerfend attraktive Erdbeere samt Apfelpopo gehört mir, nur mir und niemandem sonst. In Wiebkes Augen machte er sich total zum Affen. Und genützt hat es null.

FISCHER, FISCHER …

Jana zufolge haben sie und Clemens sich am Anfang ihrer Ehe zwei Kinder gewünscht, einen Jungen und ein Mädchen, ganz klassisch. Aber sie hatten Pech, und es vergingen Jahre, bis sich mithilfe einer offenbar ziemlich aufreibenden Hormonbehandlung die erste Schwangerschaft einstellte. Das vertraute Jana ziemlich zu Beginn ihrer Freundschaft Wiebkes Mutter an – und Wiebke spitzte die Ohren, was nicht einfach war, denn die beiden Frauen saßen auf der Bank neben dem Hofladen, tranken Kaffee und unterhielten sich im Flüsterton, während Wiebke drinnen Kartoffeln, Äpfel und Rote Bete an Sonntagsausflügler aus der Stadt verkaufte. (In der Saison waren die Leute ganz verrückt nach Roter Bete, vermutlich hatte irgend so ein Ernährungspapst sie als besonders gesund angepriesen. Immer wieder Fragen zur Zubereitung und Lagerung.)

Durch das angelehnte Fenster schnappte Wiebke in den Verkaufspausen Informationen auf, die sie schockierten: Jana hatte nach Luis' Geburt mehr als zwanzig Kilo abspecken und sich einem knallharten Sportprogramm unterwerfen müssen, um ihre Figur wieder in Form zu bringen. Wegen der Therapie hatte sie ihren Nebenjob als Model und eine Dozentenstelle an der Musikhochschule aufgegeben, Letzteres, weil die Hormonpillen ihr psychisch zu schaffen machten und sie nichts mehr richtig auf die Reihe bekam. Bei der Geburt waren dramatische Komplikationen aufgetreten, weitere Kinder ausgeschlossen.

Schräg war, auf welche Weise sie das alles erzählte: Nicht als ob sie sich endlich mal richtig ausheulen wollte, sondern völlig gefasst, beinahe heiter, auf Pointen bedacht, sie riss sogar Witze über sich und Clemens und ihre Hilflosigkeit gegenüber den Ärzten.

»Kann ich die auch im Kühlschrank aufbewahren?« Rote Bete, die zehnte.

»Ja.«

»Die werden doch geschält verarbeitet, oder?«

»Ja.« Wie sonst?

»Und wie bekomme ich anschließend das Rote wieder von den Fingern?«

Sie zuckte mit den Schultern. »Waschen.«

Wiebke nahm nicht viel Trinkgeld ein an dem Tag. Zurück auf ihrem Lauschposten, betrachtete sie abwechselnd ihre kartoffelerdigen Hände und Janas filigranen Silberohrring, sein aufgeregtes Schaukeln das einzige Indiz dafür, wie es in ihrem Innern aussehen mochte. Ihr zarter, heller Hals. Es war schwierig, das Gehörte mit der feingliedrigen Bauherrin in Einklang zu bringen, die gerade erst mit einer solchen Würde und Fröhlichkeit ihr neues Reich in Besitz genommen hatte. Doch je länger Wiebke darüber nachdachte, desto mehr wuchs ihre Bewunderung für Luis' Mutter. Jana war nicht einfach nur toll, weil sich das Schicksal ihr gegenüber stets besonders spendabel gezeigt hätte, nein, sie hatte sich durchgebissen. Und sie *war* toll, nicht nur weil sie gut roch und klasse aussah, sie war auf eine geistreiche Art offenherzig und interessiert und konnte jedes noch so unkommunikative Landei (Wiebkes Mutter) dazu bringen, sie ohne jede Scheu anzulächeln und Zeit mit ihr verbringen zu wollen. Weshalb Clemens sie ja auch am liebsten an sich gekettet hätte.

Ach, hätte er doch!

Anfangs sah es beinahe so aus, als ob zwischen Jana und Wiebkes Mutter was liefe, so oft, wie sie die Köpfe zusammensteckten. Zur Begrüßung: Umarmung. Zum Abschied: lange Umarmung. Jedes Mal. Von Natur aus ist Wiebkes Mutter eher auf Abstand gepolt, sodass selbst nach einem supermiesen Schultag maximal ein flüchtiges Aufmunterungstätscheln am Oberarm drin ist. Nicht dass Wiebke so versessen auf mütterliche Zärtlichkeiten wäre. Obwohl: Wenn ihre Mutter den ersten Schritt machen würde, und das – logisch – nicht gerade in Anwesenheit von Milan oder so, wer weiß? Manchmal nervt es einfach, wie schlecht sie miteinander auskommen. Was unter Janas Einfluss anders war, da allein die Tatsache, dass jemand so Angesagtes sich ausgerechnet mit ihrer Mutter abgab, Wiebke vorübergehend milder stimmte. Aus heutiger Sicht natürlich bescheuert. Aber damals waren sie irgendwie alle in Aufbruchstimmung und gegenseitig voneinander inspiriert genug, um sich selbst hier und da einen Ruck zu geben. Ihre Mutter war großzügiger und weniger darauf aus, Wiebke und ihre Geschwister mit Arbeit zu überhäufen. Jana hörte auf, Luis wie ein Kleinkind zu verzärteln, worauf seine Sanftmut, die ja auch Ausdruck einer übersteigerten Ängstlichkeit war, gesündere Ausmaße annahm. So wurde er das netteste Kind auf der Scheibe, worauf Wiebke nicht anders konnte, als ihn gelegentlich und auch für sie völlig überraschend aus tiefster Seele zu hassen. Aber das trübte die Idylle nicht wirklich. Wiebkes Vater ließ sich von Clemens zuerst am Computer fit machen und dann überzeugen, gleich zwei neue Notebooks anzuschaffen, eins davon für Wiebke. Im Gegenzug gab es eine Einführung ins Schnapsbrennen von Mann zu Mann. Und Clemens? Der wurde uneitler. Beispiel: Wenn er am Tisch etwas Unterhaltsames zum Besten gab (mit seiner Radiostimme), kam er nur schlecht damit zurecht, wenn ihm jemand ins Wort fiel, das war zu sehen, obwohl er vordergründig ruhig blieb, wie es seine Art ist. Aber innerlich zählte er jede Unterbrechung mit und verteilte Minuspunkte. Da die beiden Familien jedoch so oft zusammen zu Abend aßen – gegenseitige Einladungen mindestens einmal die Woche waren vor Sieben Sieben selbstverständlich – und Wiebkes Familie nun mal so groß ist, dass irgendwer immer dazwischenquatscht, gewöhnte sich Clemens allmählich daran.

Bei einer solchen Gelegenheit (eine lange Tafel unter dem Birnbaum, der Hahn krähte in einer Tour, anstatt schlafen zu gehen, und es gab Fisch) wollte Oma Irmi von Strassers wissen, warum sie die Stadt verlassen hätten.

»Ist das nicht offensichtlich?«, fragte Clemens zurück und

machte eine vage Geste über den Tisch hinweg, während Wiebke ihren Oberschenkel gegen seinen presste, weil die Gelegenheit günstig war und sie beide Shorts trugen.

Oma Irmi ganz trocken: »Nicht für mich.«

»Nennen wir es die tiefe Sehnsucht nach einer heilen Welt.«

Anscheinend meinte er es ganz ernst, aber alle außer ihm mussten lachen, sogar Jana.

»Wenn ihr sie gefunden habt, gebt mir Bescheid«, meinte Oma Irmi und rieb sich die Augen.

Obschon ausdrücklich eingeladen, kam sie nie mit zu den Strassers. Dabei war Clemens ihr größter Fan, weil es ihm zumindest in der Theorie wahnsinnig gut gefiel, wenn drei Generationen unter einem Dach zusammenleben. (Allerdings hielt er sowohl die eigenen als auch Janas Eltern für ungeeignet und hütete sich, ihnen im indigoblauen Oval ein großzügiges Altenteil einzurichten, dabei war Platz genug.)

Oma Irmi mag einfach keine Veränderungen. Ständig sieht sie am Horizont neues Unheil heraufziehen, und nach dem Gesetz der Serie kommt es eben auch mal vor, dass sie miterleben muss, wie sich eine ihrer Prophezeiungen erfüllt. Wie vor Sieben Sieben, als mindestens zehn Kinder bei ihnen im Hof »Fischer, Fischer, wie tief ist das Wasser?« spielten, ein merkwürdiges Spiel, aber beliebt, und sie gingen ziemlich ruppig zur Sache, schubsten und kniffen sich gegenseitig. Luis, körperlich unterlegen und alles andere als skrupellos, wurde mehrmals nacheinander Letzter, sogar bei der abgewandelten Variante »Fischer, Fischer, welche Fahne weht heute?«. Alle hatten sich aus unerfindlichen Gründen gegen ihn verschworen, auch Irmi, und gaben acht, keine Fahnenfarbe zu nennen, die er an seinen Klamotten trug, sonst hätte er ja das »schützende Ufer« erreichen können, ohne von den Fängern gejagt zu werden. Kinder sind manchmal so. Gemein. Hartherzig. Sie üben fürs Leben. Schließlich entfloh Luis mit Tränen in den Augen nach Hause, und Oma Irmi sah ihm kopfschüttelnd nach. »Aus dem wird nichts mehr. Dem klebt das Pech an der Büchs.« Insgeheim verspürte Wiebke so etwas wie Freude. Oder besser: Erregung.

Dann der Bootsausflug. Die glitzernde Elbe.

Aus Luis wurde nichts mehr.

Oma Irmi kann nichts dafür, das ist so gut wie sicher, aber wer dann? Was ist mit ihren eigenen negativen Gefühlen? Wen trifft wie viel Schuld?

… WIE TIEF

Fischer, Fischer?«

– – –

»Wiebke?

»Ja?«

»Fischer, Fischer, wie tief ist das Wasser?«

»Unendlich tief.«

»Wie kommen wir denn da rüber?«

»Überhaupt nicht. Leider.«

»So tief ist es?«

– – –

»Wiebke?«

»Ja, so tief. Viel zu tief für dich und mich.«

»Wie ein schwarzes Loch?«

»Genau.«

»Was ist ein schwarzes Loch?«

»Ein schwarzes Loch ist ein erloschener Stern, der so fest zusammengepresst wurde, dass er unendlich dicht ist und unendlich schwer. Seine Schwerkraft, gleich Anziehungskraft, ist daher so groß, dass er alles in seiner Nähe verschlingt, sogar das Licht.«

»Auch andere Sterne?«

»Klar. Einfach alles. Auch Sterne.«

»Auch ganz junge, helle?«

»Manchmal. Wenn sie Pech haben und zur falschen Zeit am falschen Ort sind.«

»Und dann?«

»Werden sie genauso dicht zusammengepresst und damit selbst Teil des schwarzen Lochs, das wächst und wächst. Es geht ganz schnell. Man kann nichts dagegen tun.«

»Und wenn die richtige Fahne weht?«

– – –

»Fischer, Fischer, welche Fahne weht heute?«

»Das ist doch Kinderkram, Irmi, und das weißt du auch.«

»Ich will aber wissen, welche Fahne weht!«

»Also gut, meinetwegen. Blau. Zufrieden?«

»Ich hab aber doch nichts Blaues an!«

»Deine Augen sind Blau. Blau gilt immer für dich.«

»Also kann mir nichts passieren? Niemals?«

»Nein, Irmi. Dir kann nichts passieren«

»Versprochen, Wiebke?«

»Versprochen.«

»Wiebke?«

– – –

»Kannst du mir die Haare flechten?«

»Französisch oder Ähre?«

»Ähre.«

»Dann komm her.«

HAARE FLECHTEN

Die warme Rinde: butterglatt. Irmi gleitet ab, aber Wiebke muss nur die Hand ausstrecken, um sie zu erwischen, und hält sie fest. Wie leicht sie ist. Kleine Schwester. Als sie vor ihr sitzt, Blick stur geradeaus, nutzt Wiebke die Gelegenheit, um die schmalen Schultern zu umfassen, die halbe Portion Mensch kurz, aber fest an sich zu drücken, so fest, dass sie unter den Rippen den schnellen Herzschlag fühlt. Danach löst sie Irmis Pferdeschwanz, steckt sich das Gummi zwischen die Lippen und kämmt die Haare mit den Fingern durch. Sie sind rötlich wie ihre eigenen und fühlen sich genau gleich an, seidig und fest, sie haben alle dickes, glattes Haar in der Familie, man könnte Geigenbögen damit bespannen. Für die Weichheit sorgt Oma Irmis Spezialseife, selbst gesiedet mit Traubenkernöl, Heilerde und allem möglichen anderen Zeug, viel besser als Shampoo. Da kann Anna noch so lästern und Wiebke als Ökotante bezeichnen, was sie nicht ist. In Wirklichkeit ist Anna bloß eifersüchtig.

»Wiebke, weißt du noch, wie das Boot hieß?«

»Nein, das habe ich vergessen.«

Sie reden nie richtig über Luis, keiner von ihnen. Manchmal eiern sie wie eben ein bisschen um den heißen Brei herum und fühlen sich anschließend mieser als vorher.

Froh, etwas Handfestes tun zu können, greift sich Wiebke eine Haarpartie von Irmis Oberkopf und teilt sie in zwei nicht zu kräftige Stränge, wie sie es lange vor der eigenen Einschulung von ihrer Mutter gelernt hat.

Das Problem ist, dass jeder von sich glaubt, er hätte Dreck am Stecken: Irmi war diejenige, die immer versucht hat, Luis seine Ängstlichkeit auszutreiben, und er tat, was er konnte, um ihr zu gefallen. Jana und Clemens haben Luis erlaubt, an dem Ausflug teilzunehmen, und sie vertrauten ihn der Obhut von Wiebkes Vater an, der am Ende von allen Beteiligten die größte Arschkarte gezogen hatte, abgesehen von Luis natürlich. Und sie selbst? Na ja, sie hatte als Einzige Oma Irmis Unkenrufe mitbekommen und sich auf perverse Weise sogar daran befriedigt, dazu hat sie – was keiner weiß – im entscheidenden Moment etwas bemerkt, und zwar früher als die anderen, gut und gern fünf Minuten bevor Irmi anfing, Luis' Namen zu rufen. Das passiert ihr manchmal, dass sie eine Art Vorahnung hat, krasser als ein stinknormales Bauchgefühl, aber viel zu vage, um sich einen Reim darauf zu machen. Erst im Nachhinein lüftet sich der Schleier. Beispiel: Vor zwei Jahren, als sie den Unfall auf der Autobahn hatten, fühlte sich schon lange vorher jeder Spurwechsel ein klein wenig anders an als sonst, härter. An der Elbe war es ein neuer Geruch, der sie irritierte: Der stumpfe, leicht metallische Atem des Flusses wurde plötzlich durch eine seltsame Schärfe überlagert, nur für einen Moment. Ob sie da noch hätte eingreifen können, wird sie nie erfahren. Vielleicht war alles nur Einbildung. Oder eben bloß eine Ausdünstung des Wassers, die zwar real war, aber nicht das Geringste zu bedeuten hatte.

Sie redet sich ein, dass es ihr egal ist, ruft sich ihre Aufgabe in Erinnerung. Irmi wartet geduldig. Für sie ist alles noch schwieriger, sie ist ein Kind, und ihre große Schwester baut zu viel Mist und weiß nichts Besseres für sie zu tun, als Strähne um Strähne Haar abzuteilen und einer anderen Strähne zuzufügen, zu teilen, zuzufügen und immer so fort, von außen nach innen, bis ein schmaler, ährenförmiger Zopf entsteht.

Wahrscheinlich ist es falsch, für alles mindestens eine Erklärung und darüber hinaus auch noch einen Schuldigen finden zu wollen. Manche Dinge passieren einfach so.

Wiebke hat den Zopf verhunzt und muss von vorn anfangen. Sie verlagert das Gewicht, schließt die Augen und fängt an, nach Gefühl zu arbeiten. Sofort wird das Muster gleichmäßiger. Teilen, zufügen, von außen nach innen, in aller Ruhe diesmal. Ein Windstoß, jäh wie ein Schubs, macht ihr Werk ein weiteres Mal zunichte, erst der dritte Versuch gelingt perfekt – leider. Ihretwegen könnte es immer so weitergehen, ein rotseidener Schwesternzopf bis zum Mond. Nicht ohne Bedauern bringt Wiebke das pinkfarbene Haargummi in Position und gibt Irmi einen freundschaftlichen Klaps auf die Schulter.

Wenn es doch Unendlichkeit gibt? Dann bloß heute.

SIEBEN SIEBEN

Sicher weiß sie noch, wie das Boot hieß. *Nixe Josefine.* Es gehörte Onkel Cord und war benannt nach seiner zweiten Ehefrau. Soweit Wiebke sich erinnern kann, hatte sie wenig Ähnlichkeit mit einer Meerjungfrau. Nach der Scheidung behielt das Boot seinen Namen, auch als Onkel Cord ein drittes Mal heiratete, ganz protzig in einem Schloss, er musste ja demonstrieren, dass man sich mit Gas, Wasser, Scheiße eine goldene Nase verdienen kann – anders als in der Landwirtschaft. Damals übernahm ihr Vater gelegentlich kleinere Aufträge für Onkel Cords Firma, aber jedes Angebot, sich größere Summen Geld zu leihen, schlug er aus, dafür war er zu stolz. Ein Streitpunkt zwischen ihren Eltern, der sich inzwischen erledigt hat. Absolute Funkstille. Wiebke fragt sich bis heute, warum (abgesehen von den Bullen) nie einer auf die Idee gekommen ist, wegen Luis auf Onkel Cord rumzuhacken, schließlich war er einer von zwei Erwachsenen und formal betrachtet der Kapitän an Bord, also verantwortlich, der ganze Ausflug war auf seinem Mist gewachsen.

Vielleicht weil er es schlicht und ergreifend nicht zuließ. Er war einfach kein Typ dafür. Während ihr Vater noch wie ein Besessener die Uferböschung absuchte, obwohl längst Leute von der DLRG, Hunderte Polizisten, Hunde und sogar Hubschrauber im Einsatz waren, telefonierte Onkel Cord bereits mit seinem Anwalt.

Sieben Sieben. Wiebke weiß noch viel mehr über diesen Tag als den Namen des Bootes – wenn sie wollte, könnte sie sich jede noch so unbedeutende Kleinigkeit vor Augen führen und daraus eine große Sache machen: Wie blau der Himmel war. Wie Onkel Cord Luis in seiner lauten Art Kumpel nannte, womit der nichts anfangen konnte, weil bei ihm zu Hause ein ganz anderer Tonfall herrschte. Wie der Bug der *Nixe Josefine* das Wasser aufschlitzte, der Fluss im Windschatten der Elbinseln plan wie ein Glastisch. Und natürlich: Wie ihr Blick auf den Kalender im Bus der Einsatzleitung fiel. Ein Drei-Monats-Wandkalender, befestigt an einem Hängeschrank über dem Arbeitsplatz der Funker. Genauso einer pinnte auch im Büro ihrer Eltern, doch keiner von ihnen hatte sich je die Mühe gemacht, den Datumsschieber auf den korrekten Tag einzustellen. Dieser hier zeigte den siebten Juli, und das stimmte. Tag eins der großen Ferien, für Irmi und Luis war es der erste Sommerferientag überhaupt, denn sie hatten gerade die erste Klasse hinter sich gebracht, Luis, wie sollte es anders sein, mit einem tadellosen Zeugnis, in dem seine Lehrerin ihm wortreich eine phantastische Zukunft prophezeite. Irmi hatte es rumerzählt, und alle zogen ihn damit auf.

Was den Kalender angeht: Wiebke war fasziniert von der

Vorstellung, die Kripobeamtin mit den großen Händen und der rauen Stimme, die das Kommando führte, die sie und die anderen nacheinander verhörte, die Wiebkes Vater wie einen Verbrecher oder zumindest wie einen Schuft behandelte, könnte ihren Arbeitstag damit begonnen haben, das rote Plastikviereck vom sechsten auf den siebten Juli vorzuschieben. So eine kleine Bewegung. Mit diesen großen Händen. Sie hätte sich gern mit ihr darüber unterhalten, ob sie es jeden Morgen tat. Ob es ein Ritual für sie war, das Versetzen des Datumsschiebers, dazu eine Tasse Kaffee ohne Milch und Zucker. Doch die Datumsschieberin machte nicht den Eindruck, als würde sie sich auf eine solche Unterhaltung einlassen. Sie stellte die Fragen. Jede einzelne wieder und wieder, als glaubte sie, Wiebke würde sich irgendwann in Widersprüche verstricken, sofern sie lange genug am Ball blieb. Nach einer Weile bastelte sie aus allem, was Wiebke bereits erzählt hatte, neue Fragen.

»Ihr wart also richtig gut drauf?«

»Ja.«

»Ihr habt Musik gehört und mitgesungen?«

– – –

»Und geangelt?«

»Ja.«

»Was gefangen?«

»Nein.«

»Hat euch das nicht die Stimmung verdorben?«

»Kein bisschen. Wir hatten ja genug zu essen dabei.«

»Den Nudelsalat und die Würstchen.«

»Genau.«

»Hat Luis viel gegessen?«

»Weiß nicht. Eher nicht. Er isst meistens wenig.«

»Zu wenig?«

»Nein. Wenig, aber nicht zu wenig.«

»Seid ihr direkt nach dem Essen schwimmen gegangen?«

»Nein. Erst später.«

»Du sagst, Luis ist ein guter Schwimmer?«

– – –

Das Resopal der Tischplatte zwischen ihnen roch nach Ammoniak und nach dem Erdöl des Kunstharzes, aus dem es bestand. Je länger die Vernehmung dauerte, desto intensiver wurde der Gestank. Wiebke hätte sich nicht gewundert, wenn Öl aus den Poren des Tisches ausgetreten wäre. Unwillkürlich suchte sie den Boden nach zähen Lachen ab, sah sich wie einen Seevogel nach einer Tankerkatastrophe im Teer verenden. Die Polizistin schien nichts zu bemerken.

»Ist Luis ein guter Schwimmer?«

Sie ging Wiebke auf die Nerven. Was meinte sie mit »gut«? Immerhin hatte er es geschafft, ohne mit der Wimper zu zucken, vom Heck zu springen. Das Freischwimmer-Abzeichen an seiner Badehose. An der Stelle konnte er gerade noch stehen. Er war klein für sein Alter und hatte etwas Feenhaftes an sich, die Haut an Armen und Beinen so durchscheinend, dass die Adern sich bläulich abzeichneten. Aber er war kerngesund, weder magersüchtig noch überfressen. Das konnte jeder sehen. Ein vernünftiger Junge, vernünftiger als alle Voss-Geschwister zusammen, es gab keinen Anlass, ihn besonders zu beaufsichtigen. Plötzlich war er verschwunden.

Fischer, Fischer, wie tief?

Auf dem ausblutenden Resopaltisch lag eine nautische Flusskarte. Darin verzeichnet, unter einem Netz aus Längen- und Breitengraden: die Uferlinien, das Fahrwasser, Tiefen und Untiefen, Seezeichen und Leuchtfeuer, Unterwasserhindernisse wie große Steine oder Kabel, Strömungen. Das Wichtigste fehlte: Von schwarzen Löchern keine Spur, dafür gab es keine genormten Symbole. Wie sollte Wiebke der Kripofrau verklickern, was sie mit jeder erdölverklumpten Faser ihres Körpers wusste? Dass Luis nicht wiederkommen würde. Dass etwas Dunkles ihn sich einverleibt hatte, seine Atome zusammengepresst zu einem unendlich dichten, unendlich schweren Körnchen Kinderstaub. Die ganze stumpfsinnige Fragerei verlorene Liebesmüh.

Als hätte sie Wiebkes Gedanken gelesen, fuhr die Polizistin schließlich mit dem Zeigefinger zwischen den Tiefenlinien entlang, bis sie, in der Deutschen Bucht angekommen, ratlos ihre zu großen Hände hob. Wiebke, sagte sie, könne jetzt gehen. Sie hatte es kapiert.

Trotzdem spulten die Bullen stur ihr Programm ab, und das dauerte ewig. Ihren Vater nahmen sie zu zweit in die Mangel. Wiebke und Irmi sollten auf einer Bank bei den Imbissbuden warten. Jemand bot ihnen Cola an, aber sie verzichteten. Wiebke hatte Bauchweh und befürchtete, sie würde früher als erwartet ihre Tage bekommen, sogar daran erinnert sie sich genau. Das ganze Gelände abgesperrt (Wow, extra für uns!, dachte sie), die verschiedenen Einsatzkräfte in ihren marineblauen, orangefarbenen oder rot-weißen Uniformen schwirrten umher wie Arbeitsbienen, einem straffen

Reglement gehorchend, das sie nicht durchschaute. Einige scherzten wie bei einer Übung und wurden sofort von ihrem Vorgesetzen zur Ordnung gerufen.

Die meiste Zeit hielt sie ihre Schwester im Arm und startete ein idiotisches Ablenkungsmanöver nach dem anderen, da Irmi fast ununterbrochen schluchzte, wohingegen Wiebke überhaupt nicht zum Heulen zumute war. Logisch war es deprimierend – aber nicht nur, wenn sie ehrlich ist. Ein Teil von ihr empfand angesichts des ganzen Trubels um sie herum auch so etwas wie Vergnügen. Sensationslust. Das hier war ihre Show. Endlich passierte mal was, etwas, das größer war als sie und die Bedeutungslosigkeit, die an ihnen allen klebte wie die Scheiße auf der Dorfstraße, groß genug für fette Schlagzeilen und die Abendnachrichten im Dritten, und diesmal waren sie nicht wie üblich Zaungäste oder Fernsehpublikum, sondern mittendrin. Während ihr das bewusst wurde, hatte Wiebke die Idee mit Sieben Sieben. Wie Nine Eleven, wenn auch nicht ganz so weltbewegend. Blöd nur, dass sie anschließend die ganze Zeit das Lied von dieser Esoterik-Trulla im Kopf hatte, mit dem die Anschläge auf das World-Trade-Center im Fernsehen ständig unterlegt wurden.

Es war der längste, der schlimmste, aber auch der aufregendste Tag ihres Lebens. Sieben Sieben. Ihre Lieblingszahl doppelt, mystifiziert bis zum Gehtnichtmehr, Glückszahl, Unglückszahl, die Addition von Körper und Geist, Symbol für die Schöpfung und ewige Ruhe. Das rote Viereck des Datumsschiebers. Die dunkle Materie.

Als ihr Vater endlich der Vorhölle des Einsatzleitwagens

entkommen war – erstaunlicherweise nicht in Handschellen, sondern mit einer Wolldecke um die Schultern –, fühlte Wiebke sich krank. Anders als er fror sie kein bisschen. Ihre Haut glühte. Außer ihrer Mutter waren inzwischen auch Luis' Eltern eingetroffen, Onkel Cord hatte sich verdünnisiert. Zu viert standen die Erwachsenen auf dem Anleger beieinander und redeten. Zunächst ganz vernünftig, Minuten später schlug Jana Wiebkes Vater ins Gesicht, links, rechts, links, sie holte weit aus wie in einem Sketch, und er stand einfach da und ließ es geschehen, bis Clemens seine Frau zur Räson brachte. Erst danach wagte sich ein Seelsorger an sie heran. Neben ihnen hing eine Deutschlandfahne schlaff an ihrem Mast. Auf dem Deich standen mehrere Kamerateams und filmten. Wiebke sorgte sich, ob ihr Gesicht zu sehen sein würde. Ob sie am ganzen Körper knallrot war wie ein gekochter Hummer oder ob es ein Missgeschick mit ihrer Regel gegeben hatte. Sie wagte nicht nachzuschauen, glaubte allen Ernstes, einen größeren Schaden könnte ihr Ruf an der Schule nicht nehmen. Sie hatte keine Ahnung, was ihr bevorstand.

Am Schluss gab es doch noch so etwas wie eine Verhaftung: Die *Nixe Josefine* wurde von der Wasserschutzpolizei in Gewahrsam genommen. Wie Luis hat Wiebke auch das Boot nie wiedergesehen.

FEUERPOETIN

Feuer und Wasser. Zwei Geister, die keiner beherrscht. Wasser ist eine Sinfonie, Feuer eine Sprache, die zu ihrem Wort steht. Nicht theatralisch, wie zu erwarten wäre, kein italienisches Palaver. Ein Stakkato, Polnisch, Tschechisch, Transsilvanisch oder so, aufbrausend bis zum Jähzorn, manchmal auch kaum mehr als Gezischel. Jedenfalls Lyrik, ein Gedicht, das sich überhaupt nicht oder nur ganz selten reimt und auch dann nur wie durch Zufall.

Wiebke steht auf solche Gedichte, die Möglichkeit, durch etwas so Kleines eine neue Idee von etwas Großem zu bekommen – Liebe, Tod, Zeit, Himmel und Erde –, unbedingt darf nur eine Ahnung dabei herausspringen, keine Belehrung, jede Erkenntnis von Zweifeln getragen und einem Hauch von Geheimnis. Man muss es bei dem Gefühl belassen, einer wichtigen Sache auf der Spur zu sein, diese jedoch nicht allzu besessen weiterverfolgen, sonst kommt man kein bisschen cool rüber, sondern nervt nur. Weil sie genau das nicht will, zeigt sie nie was her. Niemals.

Lasst Flammen dichten. Wiebkes Feuerverse in ihrer transsilvanisch-tschechisch-polnischen Mundart tönen nach etlichen Leerzeichen mittlerweile wieder lebendiger, gerade jetzt, da kaum noch Publikum anwesend ist und die Feuerwehrleute bereits die Löschschläuche einrollen. Vom anderen Ende der Wiese machen ihnen frische Flammen lange Nasen. Wiebke, Feuerpoetin, Komplizin, schiebt die Unterlippe vor, angetan und bedrückt zugleich. Bedrückt, weil sie weiß, was die neuen Zeilen nährt. Seit Wochen heißt es: »Nimm dir die Disteln vor«, hat sie natürlich bleiben lassen, die Disteln stehen gut und gern zwei Meter hoch, Horden lilaköpfiger Unkrautriesen, die stacheligen Blätter in Bodennähe völlig vertrocknet, der reinste Zunder. Die Stängel sind sattschwarz, Läusebefall, und nicht zu knapp. Mit der Sense wäre sie dort nicht weit gekommen, sie hätte das Zeug Pflanze für Pflanze samt Wurzeln rausrupfen müssen, die härteste aller denkbaren Strafarbeiten. Ihre Mutter würde keine Kuh zwischen dieses Unkraut jagen, doch Wiebke soll mal eben nach der Schule den Kampf aufnehmen, mechanisch, damit das teure Gift im Schuppen nicht angetastet werden muss. Sogar Biolandwirte spritzen mehr, denen trauen die Eltern und Oma Irmi ja auch nicht über den Weg in ihrer Vorvorvorgestrigkeit. Das Versäumnis liegt dennoch bei ihr, reiht sich ein in die rauchende Beweiskette zu ihren Ungunsten.

»Siehst du das, Wiebke? Das Feuer!«

»Ich bin ja nicht blind.«

Es wird Zeit, die Schwester vom Baum zu vertreiben, hier ist bloß Platz für eine von ihnen. Wie ihr Vater im Winter muss Wiebke allmählich zu einem Punkt kommen, an dem ihr Kopf sich leert und das Leben weitergeht, auf welche Weise auch immer. Das Feuer: ein Echo auf ihre lodernden Gedanken, bewusstseinserweiternder als Kiffen und irgendwie reeller. Der Blick von oben.

Wiebke beschließt, das schlechte Gewissen fallen zu lassen, probehalber. Angenommen, sie lässt sich auf Milans Sicht der Dinge ein, betrachtet sich als Opfer. Warum nicht einen obszönen Profit aus ihrer Lage schlagen? Wurden nicht vollständige Universitätsstudien darüber verfasst, dass mittlere Kinder besonders angeschmiert sind, wenn es um die Verteilung von Aufgaben und Liebe innerhalb einer Familie geht? Womöglich ist da schon alles verkehrt gelaufen. Wiebke kann sich weder erinnern, als kleines Kind jemals von ihren Eltern angehimmelt und entsprechend verwöhnt worden zu sein, noch besaß sie besondere Freiheiten, wie sie Jarik von Anfang an vergönnt waren. Ihre Existenz wurde einfach als selbstverständlich hingenommen, sie war mal mehr, mal weniger nützlich aus Sicht der anderen.

Die bestmögliche Revanche für diese Geringschätzung: Clemens doch noch rumkriegen. Sowohl ihre Mutter als auch ihren Vater würde es direkt in die Raserei treiben, wenn da was liefe zwischen ihrer Tochter und einem verheiratetem Familienvater. (Wobei er ja genau genommen kein Vater mehr ist, sondern eine Vaterwaise, was nichts daran ändert, dass sie als seine Geliebte in Sachen Liederlichkeit mit ihrem eigenen Vater konkurrieren könnte. Obwohl: Erfolgreich die Mutterwaise anzugraben, deren Kind man am ersten und letzten Ferientag seines wimpernschlagkurzen Lebens nicht wie versprochen heil nach Hause gebracht hat, ist mit Sicherheit unschlagbar liederlich, ein moralischer Offenbarungseid. Was Wiebkes Rache – auch im Namen von Clemens – möglicherweise sogar versüßen könnte.)

Während Wiebke ihren Trotz auskostet und darüber so wütend wird, dass ihr schwindelt, stellt das Distelfeuer am Wiesenrand die Freiwilligen auf eine harte Probe, ein Flächenbrand droht. Sorgenfalten auf der Stirn des Ortsbrandmeisters. Um die Gefahr in den Griff zu bekommen, muss eine neue Strategie her. Als auch noch der Unterstand dran glauben muss, die Flammensäulen distellila, gerät für eine Weile alles außer Kontrolle. Das Knacken der Funkgeräte. Wieder Sirenengeheul, ein Dorf weiter. Kommt Verstärkung?

Nein. Die Feuerwehrleute müssen sich selbst helfen. Auf einmal rennt alles umeinander, das reinste Bauerntheater. Ein Schwank. Zu guter Letzt zapfen sie den Teich auf dem Reiterhofgelände an, wo Hinrichsen, Reitstallbesitzer und bester Freund ihres Vaters, normalerweise seinen Hausmüll abfackelt und Schießübungen veranstaltet, heimlich natürlich. Die ungebetenen Gäste in Uniform dürften ihm ziemlich den Tag vermiesen.

Wenn sie all ihre Schlechtigkeit und sämtliche negativen Energien zusammennimmt – und davon verfügt sie über eine ganze Menge –, findet Wiebke Gefallen an dem Theater. Nur Irmi stört. Das hier ist eine Sache zwischen ihr und ihrer Verkorkstheit, die kleine Schwester muss ihre Probleme woanders lösen, Wiebke kann ihr jetzt nicht helfen. Schlimm genug, dass sie überhaupt welche hat, zweite Klasse und weiß schon Bescheid über Ohnmacht und Verlust.

Irmi sollte den Rückwärtsgang einlegen, bevor es zu spät ist, alles verdrängen, mit ihren Freundinnen abhängen. Wiebke ist schlechter Umgang.

»Schau mal. Ist das da unten auf dem Rad nicht die Lütte aus der Tischlerei?«

Schulterzucken.

»Wie heißt die noch mal?«

»Merle.«

»Ihr seid doch befreundet.«

»Luis war mein Freund.«

»Mensch, Irmi!«

»Was?«

»Reiß dich zusammen. Luis kommt nicht mehr zurück. Du musst nach vorn schauen.«

»Nur wenn du mir endlich verrätst, was du hier oben eigentlich machst.«

»Okay. Aber dann haust du ab und kommst nicht wieder, okay?«

Irmi verspricht es.

»Und du erzählst niemandem, wo ich bin.«

»Okay.«

»Ich dichte«, sagt Wiebke.

WIEBKES BAUMGEDICHT

Indigoflammen zusammen mit
Disteln
Den Müttern verfüttern Den Vätern
Alles vergeben
Einfach inmitten der Scheibe Leben
Rot oder Blau Weiß bleibt Bunt.
Am Ende des Tunnels Nichts als Grau?
Planetenvermesser tun bloß schlau.
Auch Scheiben sind rund.

Uncool? Reimt sich ja alles.
Und wenn schon.

ALL DRESSED UP AND READY

Endlich allein. Florian Stade einundvierzig achtundzwanzig eingerückt, die letzten Gaffer vom warmen Wind verweht – was bleibt, sind Fuß- und Reifenspuren im Löschwasserschlamm neben der Asche und die verkohlten Balken des Unterstands. Wie die Wiese hinterm Dorfgemeinschaftshaus nach dem Schützenfest, bloß ohne Scherben und leere Bierflaschen. Auf dem Feldweg hat die Feuerwehr, vermutlich bei der halsbrecherischen Anfahrt, eine Krähe überrollt, der frische Kadaver gespickt mit blauen Schmeißfliegen. Ein schnelles Ende. Wie lange es bei Luis gedauert hat, weiß keiner. Auch darüber kursieren Gerüchte, denen man besser keine Beachtung schenkt.

Wenn sie doch aufhören könnte, darüber nachzudenken. Wo, wenn nicht hier? Nirgendwo sonst könnte sie weiter entfernt sein von ihrem bisherigen Leben. Vom Leben überhaupt. Die Einsamkeit knistert, und Wiebke zieht sie sich bis über die Ohren wie ein Federbett. Ihr Neuanfang als Larve. Dass sie, mit all ihren fiesen Seiten, sich ausgerechnet in einen Schmetterling verwandeln wird, ist äußerst unwahrscheinlich. Egal. Hauptsache, Verwandlung. Hauptsache, irgendein Wesen, das fliegen kann.

Eigentlich geht es ganz leicht, man muss sich nur trauen, wie beim Colossos. Wiebke breitet die Arme aus. Ihr Dorf aus der Vogelperspektive: die alten Gehöfte, Fachwerk und roter Backstein, aber kaum noch Dächer aus Reet, weil die Versicherungen immer teurer werden, überall Grün, die Wipfel der alten Bäume, die unter Naturschutz stehen und nicht mehr gefällt werden dürfen, Eichen, Kastanien, Trauerweiden. Eine Handvoll mattgrauer Straßen, die sich kreuzen, der Asphalt an den Rändern brüchig. Die Bushaltestelle, die Schmierereien auf der Bank sind aus der Luft nur zu erkennen, wenn man weiß, dass sie da sind – »Ficken nicht vergessen«, »Fick dich«,

»Fuck«, »H und E«, »A & U« mit Herzchen drum. Die Grundschule mit der Sirene. Auf dem Sportplatz ist der Rasen bestens in Schuss, seit ein neuer Hausmeister eingestellt wurde. Die lang gezogenen Stallgebäude des Reiterhofs. Schließlich das Baugebiet mit seinen glänzenden, imprägnierten Ziegeln – Spuckedächer, sagt Irmi – und den kaum mehr als handtuchgroßen Grundstücken, genau die pathologische Art Fremdkörper, vor der Oma Irmi immer gewarnt hat, eine Geschwulst im Gerstenfeld.

Ein Dorf wie tausend andere.

Wiebke hat gehofft, je mehr sie an Höhe gewinnt, desto zuverlässiger versetzt sie der Abstand in die Lage, ihr Zuhause, ihre Familie und alles, was ihnen passiert ist, in einen größeren Zusammenhang einzuordnen, ihre Nöte, auch die schwerwiegenden: letztlich kaum mehr als eine Verschattung, nebensächlich wie ein umgeknickter Halm auf einer blühenden Wiese. Stattdessen ist sie überwältigt. Es nützt nichts, sich etwas vorzumachen, das hier ist eben nicht irgendein x-beliebiges Dorf. Jedes Detail ist mit Bedeutung aufgeladen und erscheint ihr vertraut und geheimnisvoll zugleich. Unter den Dächern leben Leute, die sie kennt (manche nur vom Sehen, andere in- und auswendig, wie Anna), in der Schule hat sie Rechnen gelernt (Schreiben konnte sie schon vorher), an der Rückwand im Bushäuschen stammt die beste aller Kritzeleien von ihr: ERFINDE EINEN SINN. Darauf ist sie immer noch stolz.

Unweigerlich muss sie jetzt auch daran denken, welches Erlebnis sie für immer mit dem Sportplatz verbinden wird: Wie sie alle nach einer Chorprobe dorthin gingen, um die Fußballer vom SV anzufeuern, und zwar mit ihrem Gesang, Janas Idee. Die Jungs, normalerweise eine echte Gurkentruppe, ewiges Tabellenschlusslicht, gewannen 5:2. Als es nach dem Sieg zu einer spontanen Party kam, genierte sich Wiebke zu tanzen und stand so lange am Rand, bis Jana sie aufforderte. Sie weiß nicht, wie das Lied oder die Band hieß, aber den Text hat sie noch im Kopf.

Have you seen my lady?
She's the queen of all this town.
She's all dressed up and ready to fall in love.

Genauso war es. Wiebke aufgehübscht und bereit, sich zu verlieben mit allen Sinnen, Fallen inklusive – *fall in love.* Wenn das Gedächtnis ihr keinen Streich spielt, trug sie das gleiche bunte Sommerkleid wie heute (ihr schönstes, ausnahmsweise nicht von H&M). Damals war es nagelneu, und die Stickerei über den geometrischen Blumen hatte noch nicht angefangen zu zerfasern. Die Schuhe? Irgendwelche billigen Ballerinas, die Doc Martens besaß sie noch nicht. Klauen kein Thema, ihr Aufbegehren bestand darin, die Eltern, insbesondere ihre Mutter, anzuzicken oder, was noch Erfolg versprechender war, stundenlang zu ignorieren. Ein braves Mädchen, aber innerlich so was von auf dem Sprung, *all dressed up and ready:* Bereit, Jana, *queen of all this town,* vom Thron zu stoßen, ihr die Macht und den Mann streitig zu machen. Als wär's ein Tanz, nichts weiter. Sie kann es drehen und wenden, wie sie will: Im Grunde ihres Herzens ist sie nicht gerade stolz darauf.

Das blaue Haus von oben. Den Birken auf der Dachterrasse geht es beschissen, die Blätter haben bereits begonnen, sich zu verfärben, viel zu früh. Drinnen müsste Clemens gerade unter der Dusche stehen, oder er ist schon ein Stück weiter, streift sich ein frisches Hemd über, steht mit nassen Haaren vor dem Spiegel im Schlafzimmer, entschlossen, sich für den Sender fertig zu machen, aber zwischendurch erstarrt er, ohne es zu wollen, und fragt sich, was aus seinem Leben geworden ist. Er ballt vielleicht die Fäuste, stößt einen Schrei aus. Nein, schreien passt nicht zu ihm, er lächelt sein Spiegelbild an und zählt bis hundert und darüber hinaus, zählt so lange, bis er das Wunder vollbringt, sich sein Lächeln halbwegs abzukaufen. Dann fährt er zur Arbeit, spricht Leuten, die genau wie er Schlimmes erlebt haben, Mut zu.

Wenn es ums Fremdgehen geht, plädiert er meistens für

ein offenes Wort, Lügen sind ihm ein Gräuel. Wiebke glaubt kaum, dass er Bescheid weiß. Sie könnte unter falschem Namen in der Sendung anrufen und vor Hunderten von Zeugen alles verraten, als wäre es die Geschichte von jemand anderem. Würde er die richtigen Schlüsse ziehen? Das wird sie schön bleiben lassen. Clemens hat genug durchgemacht, Wiebke will nicht diejenige sein, die ihm weitere Narben zufügt. Vielleicht liebt sie ihn ja wirklich.

BLECHKOLONNE

Es ist ja nicht so, dass sie ihre Empfindungen für Clemens von Anfang an willkommen geheißen hätte. Sie ist keine Idiotin, provozieren mag eine spaßige Sache sein, aber sich gleich mit der ersten Liebe einen derartigen Berg Probleme aufzuladen war nie ihre Absicht. Klar, sie hat dagegen angekämpft. Zumal sie damals schon ein Auge auf Milan geworfen hatte, aber das war etwas völlig anderes. Es war einfach. Einer von den cooleren Typen aus der eigenen Klasse, beliebt, begabt und zielstrebig, ohne ein Streber zu sein. Anna mochte ihn auch, aber sie hatten einander fest versprochen, fair zu bleiben und sich niemals seinetwegen zu zerstreiten. Ihrer beider Verknalltheit folgte einem althergebrachten Muster, um das zu kapieren, brauchte man sich bloß in der großen Pause auf dem Schulhof umzuschauen. Was Wiebke hingegen für Clemens empfand, ließ sich weder einordnen noch manipulieren, es war einfach da, groß und neu, und je verbissener sie versuchte, gegenzusteuern, desto wehrloser wurde sie.

Warum ausgerechnet Clemens? In gewisser Weise könnten er und Milan verwandt sein: tiefe Stimme, dieselbe Schlaksigkeit, das laubbraune Haar, ihr Faible für naturwissenschaftliche Phänomene, das Wiebke ansteckend und angeberisch zugleich fand. Was, wenn Clemens der Vater wäre, den Milan nie gekannt hat? In einer besseren Welt gehörten sie alle drei zusammen, und sogar Anna würde ihren Segen geben.

Wiebke vermisst Anna. Nicht dass sie zerstritten wären, das nicht, aber ihre Freundschaft hat einen Knacks. Wegen der Sache mit Clemens machte Anna einfach dicht, sobald sie begriff, dass bei Wiebke echte Gefühle im Spiel waren und es keinesfalls nur darum ging, ihre Mutter auf die Palme zu bringen.

»Was ist, wenn du alles zerstörst, hast du dir das schon mal überlegt?« Um ihr diese Frage zu stellen, hatte Anna Wiebke überredet, Bio zu schwänzen, ihr Lieblingsfach, die Eins im Zeugnis eine sichere Bank. Sie hatten das Schulzentrum hinter sich gelassen und waren schweigend und Kaugummi kauend Richtung Bahnhof geschlendert. Ausgerechnet auf der Brücke über die Bundesstraße kämpfte sich für einen kurzen Moment die Sonne durch die Wolken, und sie hielten inne. Man musste fast schreien, um sich zu verständigen, so dicht war der Verkehr.

»Was soll ich zerstören? Seine Ehe oder was?«

»Seine Ehe, die auch Janas Ehe ist. Und Jana ist zufällig unsere Chorleiterin, falls du das vergessen hast. Stell dir mal vor, sie kommt euch auf die Schliche.«

»Es läuft doch überhaupt nichts zwischen uns.«

»Aber du willst, dass was läuft, und solange ich dich kenne, kriegst du irgendwann immer deinen Willen. Was ist, wenn Jana alles hinschmeißt? So eine Chance bekommen wir vielleicht nie wieder.«

»Reich und berühmt zu werden?«

»Genau. Das glaubst du doch auch – oder etwa nicht?«

»Klar.«

»Und was willst du lieber? Eine kranke Geschichte mit einem alten Daddy oder ein erstklassiges Album rausbringen, reisen, Konzerte geben, Videos drehen?«

»Na, was wohl?«

»Dann pass auf, was du tust.«

»Mach ich ja«, versprach Wiebke, aber ohne Überzeugung und mit einem Kribbeln in der Magengegend, das alles andere als unangenehm war.

Sie kamen nicht auf einen gemeinsamen Nenner. Obwohl die Abgase in der Nase stachen und der Wind, den die Autos hinter sich herzogen, an ihnen zerrte, blieben sie noch eine Weile auf der Brücke stehen. Weil es verboten war, spuckten sie ihre Kaugummis auf die Bundesstraße, wobei es Anna gelang, das Dach eines roten Kleinwagens zu treffen. Sattelschlepper brachten das Geländer ins Wanken. Der Boden unter ihren Füßen bebte, die Blechkolonne endlos. Hinter jedem Steuer Leute mit Plänen und Träumen.

Wiebke wird bewusst, wie sehr sie – ohne es sich einzugestehen – die ganze Zeit an den Erfolgsaussichten des Chors gezweifelt hat, und das nicht nur wegen der ständigen Lästereien ihres Vaters. Genauso, wie sie sich Milan beim besten Willen nicht im All vorstellen konnte. In ihrem Alter will doch jeder was Großartiges machen, und die wenigsten kriegen es dann gebacken, kein Wunder, sonst wäre ja nicht viel Großartiges daran. Alle waren irgendwann mal jung, die Brummifahrer auf der Bundesstraße, die Schreckschraube, der sie die Kaugummis abkaufen, sogar ihre Scheißlehrer. Und keiner ist in seinen wilden Träumen davon ausgegangen, irgendwann Schweinehälften durch die Gegend zu kutschieren oder stundenlang im Zeitungskiosk hinter der Klappe zu stehen oder sich mit Schulschwänzern rumzuärgern.

Insgeheim hat Wiebke geahnt, dass es für niemand von ihnen klappen würde. Der Chor war okay, Janas Arrangements genial, aber ein Mädchenensemble, das sich hauptsächlich alte Indie-Hits wie *Bittersweet Symphonie* oder *With Or Without You* vornahm, gab es bereits, irgendein Projekt aus Belgien. Die waren das Original, warum sollten sie mit einem ganz ähnlichen Konzept ebenfalls das Wunder vollbringen, die Charts zu stürmen? Zumal diese Belgierinnen durch die Bank sensationell aussahen, während zu ihrer Truppe ein paar echt hässliche Mädels gehörten. Mal realistisch betrachtet.

Womöglich lag hier ein entscheidender Unterschied zwischen Milan und Clemens. Der hatte diesen ganzen Quatsch schon hinter sich, seine Ambitionen entweder in die Tat umgesetzt oder fallen gelassen. Ein Job beim Radio, ein blaues Ellipsenhaus, ein fettes Auto und ein extravaganter Musikgeschmack – das war schon was. Er wollte längst kein Rockstar mehr sein und hatte für Wiebkes Verständnis dennoch mindestens genauso viel zu bieten. Das vermutete sie zumindest.

Das Gemeine ist: Sie wird die Wahrheit nie herausfinden, weder über sich und Clemens noch über den Chor. Sieben Sieben hat aus allem ein großes Mysterium gemacht.

Angenommen, sie könnte sich selbst alles vergeben. Wenn sie dann direkt heimginge, um die Scherben aufzulesen – wo anfangen? Wo? Bei Anna natürlich.

VIERMAL KURZ, ZWEIMAL LANG

Eine Gerade ist die kürzeste Entfernung zwischen zwei Punkten. Wiebke und Anna. Das Mädchen von nebenan. Ganz früher schickten sie sich vor dem Schlafengehen mit Taschenlampen frei erfundene Morsezeichen von Fenster zu Fenster. Viermal kurz: Wie geht es dir? Zweimal lang: Danke, gut. (Da es ihnen zu der Zeit nie schlecht ging, hatten sie keinen Alternativcode parat.) Zwei kurz, zwei lang: Gute Nacht, ich sehe dich morgen. So war das.

Das erste Mal von zu Hause abgehauen sind sie zusammen. Sie hatten im Wald eine Erdhöhle entdeckt und wollten unbedingt darin übernachten (was sie sich nach Einbruch der Dunkelheit allerdings ziemlich schnell anders überlegten). Auch heute noch würden ihre Eltern sicherlich zuerst bei Anna nachfragen, wollten sie herausbekommen, wo Wiebke steckt. Und Anna müsste nicht mal für sie lügen. Sie hätte wirklich keinen Schimmer. Das ist schlimm. Es gibt auf der Welt keine bessere beste Freundin.

Beweis: Annas Eltern sind auch Landwirte, sie weiß, was

das bedeutet. Der Hof, Milchwirtschaft, siebte Generation, zu klein, um auf Dauer bestehen zu können, das gleiche Problem wie bei den Voss. Wachsen oder weichen, das haben sie beide bereits als Kinder aufgeschnappt, sie wissen, wie viele Bauern jedes Jahr aufgeben müssen. Als sie älter wurden, haben sie manchmal darüber geredet, ohne so zu tun, als wäre es ihnen egal.

Anna will Tierärztin werden. Sie hat eine soziale Ader. Einmal im Monat schnappt sie sich ihren Hund und marschiert mit ihm ins Altersheim, damit die alten Leute was zum Streicheln haben. Nach Luis' Verschwinden war ihr die Hexenjagd auf Wiebkes Vater zuwider, sie gehörte zu den wenigen, die sich nicht am Gerede beteiligten und eindeutig Position bezogen – an Wiebkes Seite und damit automatisch an der Seite ihrer Familie. Kein Wort über ihre Meinungsverschiedenheiten vor dem ganzen Mist, nicht mal, als Jana den Chor aufgab, womit, wenn auch nicht durch Wiebkes Verschulden, tatsächlich alles in die Brüche ging, genau, wie Anna befürchtet hatte. Dafür war Wiebke ihr dankbar, ist es nach wie vor. Dennoch ist nichts mehr wie früher. Sie forschen beide nach neuen Wegen zur Vertiefung ihrer Freundschaft, aber fündig geworden sind sie bislang nicht. Dass Wiebke schlussendlich doch mit Milan zusammengekommen ist, macht die Sache nicht gerade einfacher, allen ehrenwerten Vorsätzen zum Trotz.

Wäre sie daheim, würde Wiebke heute Abend die Taschenlampe rausholen und am Fenster ihr Glück versuchen: Wie geht es dir? Und die Antwort lautete unvermeidlich: Danke, gut.

LÄMMERWIESE I

Spätnachmittags erheben sich Aufwinde von den erhitzten Feldern kilometerweit in die höheren Schichten der Luft. Greifvögel kreisen. Mäusebussarde, diese Schreihälse, jagen in Gruppen, Habichte bevorzugen Ruhe und Einsamkeit, wie Wiebke neuerdings, bereit, am Plan vom Fliegen festzuhalten. Ihr Revier, die Scheibe: weiter Horizont, erst in der Ferne von Überlandleitungen und Windrädern zerschnitten, die Äcker teils eben, teils sanft geschwungen, Mais, zurzeit noch kindshoch, Gerste, Roggen, Weizen. Mattes Ährengold. Wenn sie doch immer so weiterschweben könnte, über die Jahrhunderte hinweg.

Das Voss'sche Weideland ist nahrhaft für Fleischrinder, aber nicht zu fett, Gräser mit Kräutern, Klee, Kümmel, Schafgarbe. Der schmale, dunkle Fluss, in dem Wiebke schwimmen lernte und trotz schmatzender Strudel und Strömungen nie Gefahr lief unterzugehen, hat ein Tal geformt, heute Naturschutzgebiet mit sumpfigen Brachen, Wald und Heidezungen, alles auf engstem Raum. Obwohl ein Wanderweg angelegt wurde, trifft man nur selten eine Menschenseele. Die schönste Wiese weit und breit gehört zu ihrem Besitz und befindet sich durch eine glückliche Fügung mittendrin. Als sie noch Schafe züchteten, lange vor Wiebkes Geburt, war es die Lämmerwiese, und so heißt sie weiterhin. Manchmal lässt Wiebkes Vater die besonders dickköpfigen Rinder der Herde dort bis tief in den Winter hinein grasen, da sich gezeigt hat, dass die Landschaft einen beruhigenden Einfluss auf sie ausübt. Ausgerechnet an dieser Stelle machten – lange bevor sie einander kennenlernten – Jana, Clemens und Luis ein Picknick, das erwähnte Clemens Jahre später eher beiläufig. Ein Sonntagsausflug, die drei lebten noch in der Stadt und träumten von ihrer Flucht raus aufs Land. Die Rinder dösten weit abseits und gaben keinen Mucks von sich, Wunschstunde bei Champagner, Käsehäppchen und Vogelgezwitscher. Ausgerechnet auf der Voss'schen Lämmerwiese wollten die Strassers ein Haus errichten, eine Blockhütte wie in Kanada, von einer blauen Ellipse war noch nicht die Rede. Was für eine Schnapsidee. Sogar wenn Wiebkes Eltern Land verkauft hätten, was sie nie und nimmer täten, hätte es vom Landkreis unter keinen Umständen eine Baugenehmigung gegeben. Das erkannte auch Clemens schnell, und so landeten sie, kaum wieder nüchtern, unsanft auf dem Boden der Tatsachen, also im Neubaugebiet.

Wohnen im Grünen
Baugebiet »Im Obstgarten«: 45 Bauplätze
500–720 m²
Voll erschlossen, in bester Lage, kein Bauzwang

Das Schild an der Kreisstraße wurde siebzehnmal umgefahren, aber Strassers bekamen es zu Gesicht. Sie gehörten zu den ersten Käufern, konnten unter dreiundvierzig Grundstücken frei wählen. Es war nicht das, was sie sich vorgestellt hatten.

»So ist es oft, man gewöhnt sich ans Unvollkommene, bis man es für vollkommen hält«, behauptete Clemens einmal, als er mit Wiebke über die Nachbarschaft sprach.

»Das ist schon okay.«

Beim Gewöhnungsprozess halfen Clemens nach eigenem Bekunden die immer kühneren Vorschläge des Architekten, die seinem Ego schmeichelten. Dennoch: Der Tag mit Luis auf der Lämmerwiese blieb unvergessen (und wohl auch unerreicht).

Daher vermutlich die Idee mit dem Kreuz. Als Jana und Clemens dämmerte, dass ihr Sohn nicht mehr nach Hause kommen würde, lange nachdem die Suchmannschaften ihre Arbeit eingestellt hatten, benötigten sie einen Ort zum Trauern, und der Friedhof fiel aus. Zwar betrieben sie im Internet eine brutal kitschige Homepage, die irgendwer, wahrscheinlich Irmi, regelmäßig von Wiebkes Notebook aus ansurfte, aber das allein schien nicht zu genügen. Sie hatten es auf die Lämmerwiese abgesehen. Dafür waren sie sogar bereit, den Bann zu lockern, mit dem sie Wiebkes Familie belegt hatten. Allerdings nahmen sie nicht selbst Kontakt auf, sondern schickten einen Gesandten, einen Geistlichen, allen Ernstes.

Es war skurril. Wiebke bekommt noch immer eine Gänsehaut, wenn sie daran zurückdenkt, wie sie die Haustür öffnete und der Typ plötzlich vor ihr stand. Herbst, früher Abend. Es war kalt und fing gerade an zu regnen, ein ausgefranster Wolkenkeil überzog die Hälfte des Himmels mit schiefergrauer Dunkelheit. Unterm offenen Parka stellte der Fremde seine Dienstklamotten zur Schau: schwarzer Pulli, weißer Kragen, Kette mit Kreuzanhänger. Seine scharfrichtermäßige Erscheinung, durch das miese Wetter begünstigt, verfehlte ihre Wirkung nicht. Wiebke hatte ausnahmsweise einen Höllenrespekt und musste ihren gesamten Willen aufbringen, um das zu verbergen.

»Was wollen Sie?«

Er atmete dampfend aus und nannte seinen Namen. Er komme aus der Stadt, Gemeinde Soundso, Luis Strasser sei von ihm getauft worden.

Wiebke schwieg.

»Sind deine Eltern zu sprechen?«

»Die arbeiten.«

»Lass den Mann rein, Wiebke«, meldete ihr Vater sich völlig überraschend vom Wohnzimmer aus. »Und koch uns bitte einen Kaffee.«

Soll noch einer behaupten, bei den Protestanten gebe es keine Wunder: Seit Luis' Veschwinden hatte er keinerlei Besuch empfangen wollen, weder Freunde noch Verwandtschaft, die Depression hatte ihn bereits fest im Griff. Dennoch redete er mit diesem komischen Vogel von Pastor mehr als zwei Stunden lang, bedauerlicherweise so gedämpft, dass das Heulen des Windes alles, was sie sagten, mühelos übertönte. Lauschen zwecklos. Hinterher machte Wiebkes Vater ein Gesicht, als hätte eine ganze Armada von Gotteskriegern seine Seele geschleift, aber gleichzeitig wirkte er entschlossen, sich endlich in Schwung zu bringen.

»Morgen wird die Lämmerwiese geräumt«, verkündete er, einen fiebrigen Glanz in den Augen. »Strassers wollen dort für Luis einen Gottesdienst veranstalten.«

Tags darauf war seine Energie verflogen. Der Fernseher lief, das Sofa hatte ihn wieder. Er sah sich eine Dokumentation über den Bombenkrieg an, brennende Häuser in Schwarzweiß, und übertrug die Verantwortung für die Wiese auf Wiebke und ihre Brüder. Auch wenn er sich nicht selbst darum kümmern würde, dass das Vieh dort wegkam, lag es ihm offensichtlich am Herzen. Bis zum Wochenende mussten sie im Dauerregen nicht nur die äußerst unkooperative Herde einfangen und umquartieren, er verlangte zudem, dass sie Kuhfladen einsammelten, Maulwurfshügel einebneten, die nicht abgegrasten Flächen mit der Sense bearbeiteten und sämtlichen Draht von den Zaunpfählen entfernten, damit das Gelände vom Wanderweg her frei zugänglich wurde.

Wie sich zeigte, war Wiebkes Mutter mit der Aktion keineswegs einverstanden. Als die Eltern sich deshalb im Schlafzimmer in die Haare kriegten, versammelten sich Wiebke und ihre Geschwister im Flur, um nichts zu verpassen, diesmal ein Kinderspiel, denn beide wurden ziemlich schnell ziemlich laut. Es war das erste Mal seit Sieben Sieben, dass sie stritten, und es war überfällig. Immer wenn sie sich tagsüber länger als fünf Minuten im selben Raum aufhielten, baute sich zwischen ihnen eine unerträgliche Anspannung auf, die sie durch Höflichkeit zu überspielen versuchten, was natürlich nicht gelang. Alle waren es leid.

»Ich fasse es nicht, Steffen. Ich fasse es einfach nicht!«

»Was?«

»Du gibst die Lämmerwiese auf! Wie kannst du nur?«

»Red keinen Unsinn. Ich erlaube den Strassers, dort ein Kreuz zu errichten und eine Trauerfeier abzuhalten. Das ist alles. Es bleibt unser Land.«

»Ein Kreuz?«

– – –

»Ein Kreuz? Spinnst du?«

»Ja, ein Kreuz. Was hast du gegen ein Kreuz?«

»Das fragt der Richtige. Du gehst doch nicht mal Weihnachten zur Kirche.«

»Was hat das damit zu tun? Sie wollen keine Kirche bauen. Sie wollen ein Kreuz für ihren Sohn.«

»Der womöglich nicht mal tot ist.«

Vor der Tür hielten Wiebke und ihre Geschwister den Atem an. Das ganze Haus still wie ein Grab. Ihr Vater ließ sich Zeit mit der Antwort, und als er sprach, zitterte seine Stimme: »Das glaubst du doch selbst nicht«, sagte er, jede Antwort ihrerseits überflüssig.

Niemand glaubte das. Alle wünschten es sich.

»Begreifst du nicht, dass ein Kreuz auf der Lämmerwiese das reinste Schuldeingeständnis wäre?«, nahm ihre Mutter schließlich den Faden wieder auf.

»Und wenn schon.«

»Ah, das ist es also.«

»Und wenn?«

»Und wenn und wenn. Worin genau liegt denn deine Schuld? Das möchte ich wirklich gern wissen.«

Als er schwieg, startete Wiebkes Mutter eine Art Kreuzverhör, und nach einer Weile gab ihr Vater seinen Widerstand auf und schilderte bis ins Kleinste, was auf der *Nixe Josefine* geschehen war, allerdings nur bis zu dem Punkt, an dem es interessant wurde.

»Und dann?«

»Keine Ahnung.«

»Was ist mit dem Jungen passiert, Steffen, was? Sag es mir endlich!«

»Ich weiß es nicht.«

»SAG ES!«

Er wusste es nicht. Wiebke wusste es nicht. Irmi nicht.

Onkel Cord nicht.

Niemand, der an Bord gewesen war, hatte auch nur die leiseste Ahnung, und dieses Unwissen war der springende Punkt, die Diagnose, mit der sie sich abfinden mussten. Unheilbar. Wiebkes Mutter würde es nie kapieren, wie alle, die das unsagbare Glück hatten, diesen Sommertag, den ersten der großen Ferien, nicht auf der *Nixe Josefine* verbracht zu haben. Sie sollte verdammt noch mal Ruhe geben. Wiebke hatte die Hand schon an der Klinke, sie war kurz davor, ins Schlafzimmer zu stürmen, um ein falsches Geständnis abzulegen: Ich habe ihn ertränkt. Falls ihr es noch nicht begriffen habt, ich bin das böse Mädchen. In der Hoffnung, dass dann endlich Frieden einkehrte. Doch bevor es so weit kam, brach Irmi mal wieder in Tränen aus, und Wiebke gab sich einen Ruck und brachte sie ins Bett. Im Morgengrauen schlief sie ein. Durch die Wand konnte Wiebke ihren Vater und ihre Mutter schnarchen hören, außer ihr schienen alle zu schlafen. Nur die Rinder von der Lämmerwiese rumorten im Stall.

LÄMMERWIESE II

Am Samstag die Trauerfeier. Ihrem Vater zufolge hatte der Pastor durchblicken lassen, Irmi sei herzlich willkommen, was im Umkehrschluss bedeutete, die anderen Mitglieder der Voss hätten sich gefälligst fernzuhalten. Wiebke ging dennoch mit, weil ihre Eltern darauf bestanden. Sie wollten, dass Irmi jemanden an ihrer Seite hatte, und Wiebke fand, das sei ihr gutes Recht.

Ein nebliger Tag. Die meisten Kinder aus Luis' und Irmis Klasse waren mit ihren Eltern und der Lehrerin auf die Lämmerwiese gekommen, dazu Scharen gut gekleideter Leute aus der Stadt, von denen Wiebke die meisten schon zwei Sommer zuvor bei der Einweihungsfete der Strassers gesehen hatte. Eine spanisch oder italienisch aussehende Frau mit langen dunklen Haaren spielte ein Lied auf einer irischen Flöte.

Als Clemens eine Rede darüber halten wollte, was für ein unübertreffliches und liebenswürdiges Kind Luis gewesen war, versagte ihm die Stimme, und auch die meisten Trauergäste fingen an zu flennen. Er hatte den Mantel ausgezogen, darunter trug er ein bemerkenswertes Hemd, der schwarze Stoff schimmerte wie ein feuchter Stein am Strand. Er sah insgesamt fit aus, wesentlich besser als Wiebkes Vater, was allerdings kein Kunststück war in diesem Herbst. Obwohl sie fand, dass sein Auftritt drüber war, musste Wiebke sich zwingen, nicht gleich wieder auf Clemens abzufahren. Ihr Egoismus nagte an ihr, aber sie wusste nicht, wie sie dagegen ankommen sollte. Zum Glück beachtete sie niemand, auch Jana nicht, die abgemagert wirkte und als Einwurf zu Clemens' Sermon nur einen einzigen Satz von sich gab: »Ohne Luis bin ich nichts.«

Abgesehen vom Anlass war es ein schöner Morgen. Der Nebel weiß und fadenscheinig, darüber Sonnenschein. Vom Fluss stieg Moorgeruch auf. Es war albern, aber Wiebke empfand Stolz, weil die Weide so gut aussah, das Gras und sogar das Heidekraut am Geestrand wie gekämmt. Dazu passte das Gebet: Der Herr ist mein Hirte, er weidet mich auf einer grünen Au und so weiter. Sogar Wiebke bewegte die Lippen und sagte zum Schluss artig Amen.

Nachdem die Zeremonie mit einer Schweigeminute geendet hatte, ließ sich Irmi von Jana und Clemens gleichzeitig umarmen, zu dritt standen sie so lange eng umschlungen da, dass Wiebke am Ende glaubte, ihre Schwester wäre bereit, zur anderen Familie überzulaufen, sich als Ersatzkind anzubieten. Vielleicht gingen deshalb die Pferde mit ihr durch. Als sie an der Reihe war, Clemens die Hand zu reichen, küsste sie ihn – und zwar richtig. Ihre Zunge verschaffte sich Zutritt in seinen nach Zahnpasta und Kummer schmeckenden Mund, während ihre linke Hand in seinen Schritt wanderte, als würde sie so etwas tagtäglich tun. Seine glatt polierten Zähne. Clemens zögerte, bevor er sie von sich stieß, es waren nur Sekundenbruchteile, aber er zögerte. In seiner teuren Anzughose tat sich was, und in seinen Augen war mehr zu lesen als bloße Empörung, viel mehr sogar.

Völlig verrückt war, dass Wiebke damit durchkam, einfach so. Keine Reaktion. Alle ringsum sahen betreten in die Luft oder auf ihre Füße, aber anscheinend wollte keiner etwas mit der Sache zu tun haben. So waren die Leute eben, Stadt- oder Landbewohner, alle gleich: Die Kunst, wegzuschauen, ohne je etwas zu versäumen, beherrschten sie perfekt. Nachher würden sie lästern bis zum Umfallen, hinter Janas und Clemens' Rücken natürlich. Wiebke sollte es recht sein.

Zu guter Letzt war es Irmi, die noch einen halbwegs coolen Kommentar zustande brachte: »Lass so was bloß nicht Mama sehen. Die hat schon genug Ärger am Hals.« Auch wenn Clemens das nie kapieren würde: Irmi war mindestens genauso ein besonderes Kind wie Luis.

Noch am gleichen Tag fuhr Wiebke mit dem Rad den ganzen Weg bis zur Elbe und blickte vom Deich aus rüber nach Hanskalbsand, wo die Trauerfeier ihrer Meinung nach hingehört hätte. Eine Ansicht, die offenbar von vielen geteilt wurde, denn neben einer Bank flackerte eine beträchtliche Zahl von Grablichtern. Mit Sicherheit galten sie Luis. In einem Jahr, sobald das Gesetz es zuließ, würden seine Eltern ihn für tot erklären lassen.

»Wo steckst du, Fee?«, fragte sie ihn. Doch selbst wenn er es könnte, würde er nach der Aktion auf der Trauerfeier vermutlich kein Wort mehr mit ihr reden.

DAS NEST

Wiebke bekommt schon wieder Besuch. Ein Waldbaumläufer trippelt in einer spiralförmigen Bahn den Stamm empor, verkrallt sich in der Rinde und spürt mehrere Spinnen auf, die an Ort und Stelle verspeist werden, wobei der kleine Vogel, um nicht das Gleichgewicht zu verlieren, sein Schwanzgefieder als Stütze einsetzt. Seine Beweglichkeit macht Wiebke bewusst, wie steif ihre Glieder vom langen Sitzen geworden sind, sein Appetit und sein lässiges Jagdgeschick wecken ihren eigenen Hunger. Sie betrachtet den braun gefleckten Rücken, den seidig weißen Bauch und rechnet damit, das Tier jede Sekunde mit ihrer Anwesenheit in die Flucht zu schlagen, doch auf ihrer Höhe angekommen, lässt es bloß seinen hohen, dünnen Ruf ertönen, Sriiiih, und starrt sie mit schwarzen Knopfaugen an.

»Ich tue dir ja nichts«, sagt Wiebke.

Der Waldbaumläufer dreht das Köpfchen, fixiert nun nicht mehr Wiebke, sondern eine Stelle loser Rinde nah bei ihrer Hand und gibt damit das Versteck eines Nestes preis.

Ein unordentliches Sammelsurium aus Zweigen und Moos, leer, wie um diese Jahreszeit zu erwarten. August, die Brut- und Setzzeit, ist längst vorbei.

Wiebke weiß über die meisten wild lebenden Tiere ziemlich gut Bescheid, und das betrifft nicht nur Vögel. Ein verrückter Gedanke: Sie könnte allein im Wald überleben, in und von der Natur. Das meiste hat ihre Mutter ihr beigebracht. Als sie klein war, streiften sie manchmal tagelang durch die Gegend. Damals war ihr Großvater noch am Leben und arbeitete für drei. Fleißig war er, der Drecksack (wie jeder ihn nannte), aber er machte allen auf dem Hof das Leben schwer, besonders den Frauen. Am meisten hatte logischerweise Oma Irmi zu leiden. Kein Wunder, dass ihn irgendwann eine Mutterkuh totgetrampelt hat. Er zeigte einfach keinen Respekt.

Respekt? Wiebke rückt ein Stück von dem Nest ab.

»Deine Bude? Tja, alle ausgeflogen. Wie es aussieht, bist du genauso allein wie ich.«

Respekt: Unweigerlich muss Wiebke an ihre Mutter denken, die um diese Zeit vermutlich das Abendessen vorbereitet. Meistens gibt es Brot und Aufschnitt, die warme Mahlzeit des Tages wird bei ihnen traditionell mittags aufgetischt. Plötzlich erscheint es Wiebke reizvoll, sich einem derartigen Rhythmus unterzuordnen. Irgendwie muss man ja leben. Sie fragt sich, ob ihr Vater am Tisch sitzen wird, als sei nichts gewesen, oder ob er genau wie sie die Gelegenheit ergriffen hat, sich aus dem Staub zu machen. Eine Trennung ihrer Eltern wäre beschissen. Sie sind mehr als zwanzig Jahre verheiratet und Scheidungen in der Familie nie ein Thema, ein absoluter Tabubruch. Wenigstens in dieser Hinsicht wähnte Wiebke sich im Vorteil gegenüber ihren Klassenkameraden: Scheidungskinder waren immer die anderen. Typen wie Milan, ehrgeizig, verbissen, mit Müttern, die ihnen ihre Existenzprobleme und den Frust über die eigene Einsamkeit aufbürden und deshalb ständig ein schlechtes Gewissen haben.

Respekt. Was Wiebke jetzt begreift: Zuletzt haben sie sich einfach nicht genug Mühe gegeben. Der Zustand der Familie gleicht dem ihres Hauses: Nur noch die nötigsten Reparaturen finden statt. Sicher, als sich alles gegen sie verschwor, versuchten sie, zumindest nach außen hin zusammenzuhalten, doch klammheimlich zog sich jeder in seine eigene Welt zurück. Aus lauter Angst vor all den Fragen, die unbeantwortet geblieben sind, hörten sie auf, miteinander zu sprechen, weshalb die Fragen sich ausdehnten und das Vakuum füllten. Mit der Zeit begegnete man ihnen überall. Sie trieben auf dem schmutzigen Wasser in der Spüle, die verstopft war, mehrten den Staub in der Luft, lagerten sich auf den Möbeln ab. Nachts umschwirren sie noch immer die Schlaflosen in ihren Betten wie Stechmücken auf Beutezug, ihr Sirren leise und doch unüberhörbar. Man müsste sie einfach erschlagen. Wenn man sie kriegte.

SONNENSCHWESTERN

Wie geht es weiter? Noch ist es hell, aber die Schatten strecken sich, und das schwarze Loch namens Nacht verströmt schon den lehmigen Geruch der Dunkelheit, es saugt an den Farben und laugt sie aus, knöpft sich zuerst das Grün vor, dann schluckt es das dünne Stimmchen des Waldbaumläufers und alle anderen Vogelgesänge gleich mit, nur die Krähen, drüben bei den Überbleibseln des Heus, halten stand und schweigen nicht still.

Am Himmel drei Sonnen in niedriger Höhe, zwei kleine, eine große, mattgelb wie Rapshonig. Im ersten Moment freut Wiebke sich über die Erscheinung, sie weiß, das sind Halos, die auftauchen, weil Eiskristalle in den höheren Schichten der Luft schweben und sich das Sonnenlicht an ihnen bricht wie an einem Prisma.

Dann wieder eine Erinnerung, eine peinliche diesmal: Als sie nach dem Tag auf der *Nixe Josefine* nach Hause fuhren, nicht vollzählig nach Hause fuhren, während dieser endlos langen, schweigsamen Heimfahrt hielt sie ihre Stirn gegen das Fenster gepresst und beobachtete das Phänomen der Sonnenschwestern zum allerersten Mal. Zurück auf ihrem Zimmer, hatte sie nichts Besseres zu tun, als im Internet nachzuschauen, was sich dahinter verbarg, und, ohne nachzudenken, je eine E-Mail an Milan und Clemens zu schicken, Betreffzeile »Gesehen?«, darunter der Wikipedia-Auszug als Text. Von Milan, damals lediglich ein Klassenkamerad, kamen nach fünf Minuten ein selbst aufgenommenes Handyfoto der Halos und drei Smileys. Clemens reagierte logischerweise nicht. Was tat er zur gleichen Zeit? Wie haben er und Jana den Abend, das Nachhausekommen, das erste ohne Luis, überhaupt bewältigen können? Wiebke schämt sich bis heute wegen der Mail, wegen ihres billigen Ausweichmanövers, das Klackern der Notebook-Tastatur unter ihren Fingern die reinste Beschwörungsformel: Ich bin nicht Teil dieser Tragödie.

Drei Sonnen an dem Tag, als Luis verschwand, drei Sonnen heute. Das kann, betet Wiebke, kein Zufall sein. Je länger sie darüber nachgrübelt, desto mehr kommt es ihr vor, als stünde sie im Begriff, einen wichtigen Code zu entschlüsseln, als könnte, sofern sie den Fokus ihrer Gedanken auf den entscheidenden Punkt richtet, im Nachhinein doch noch alles seine Richtigkeit haben. Sie weiß nicht, was sie erwartet, irgendein komplexes Lösungswort vielleicht, das aus einem Gewirr von Buchstaben auftaucht, wie bei einem Kreuzworträtsel, wenn alle Felder ausgefüllt sind. Das blaue Haus, die Freundschaften, die geschlossen und gebrochen wurden, die Sache mit Luis, Clemens und sie, Jana und ihr Vater. Ergibt was?

Doch entweder strengt sie sich nicht genug an, oder sie ist zu blöd, oder – was leider am wahrscheinlichsten ist – es gibt kein Richtiges im Falschen, keine siebensilbige Glücksrätselerkenntnis, kein Zurück in die Unschuld für jemanden von ihnen. Wiebke denkt an den Gott ihrer Großmutter, den sie nicht kennt, weil er ihr nicht vorgestellt wurde, bevor sie anfing, sich die Scheibe selbst zusammenzureimen.

Religionslosigkeit als Schmerz.

Was sie schlussendlich versteht: Ihr Vater musste irgendwann den Wunsch entwickeln, Jana gegenüberzutreten, anders wäre er an sich selbst verreckt. Aber was genau ist passiert? Sie stellt sich vor: Er nimmt all seinen Mut zusammen, geht ins Neubaugebiet. Einmal in die Gänge gekommen, geht er schnell, auffällig schnell, gehetzt von neugierigen Blicken, Schweißperlen auf der Stirn, läutet er an der Tür. Was hat er gesagt? Hat er Jana sogleich um Vergebung angefleht? Nein, gewiss nicht, er *war* ein Flehen, aber ohne große Worte. Vielleicht hat er ihr die Hand entgegengestreckt, und bei der Berührung ist irgendetwas passiert. Hat er geweint? Wiebke kann sich ihren Vater nicht weinend vorstellen, beim besten Willen nicht. Sie denkt, dass er ihr anfangs nicht in die Augen sehen konnte, sondern bloß auf den Boden zwischen ihnen gestarrt hat. Die ausgemergelte Jana barfuß auf den steingrauen Fliesen, die Fußnägel nicht wie früher hellrot lackiert. Warum hat sie ihm überhaupt die Tür geöffnet? War es einer der ersten hellen Tage am Ende dieses langen Winters? Das Licht wird sie beide zum Blinzeln gebracht haben, nach all den Wochen in geschlossenen Räumen, mit geschlossenen Herzen. Plötzlich ist Wiebke sich ihrer Sache ganz sicher: Während die Beklommenheit ihrem Vater den Atem nahm, ist Jana, äußerlich vollkommen ruhig, in ihre Wildlederstiefel gestiegen, hat ihren beigefarbenen Trenchcoat von der Garderobe genommen und angezogen, sich die Sonnenbrille in die unfrisierten, strähnigen Haare gesteckt, und sie sind mit ihrem Mini irgendwohin gefahren, um einen Spaziergang zu machen.

Ohne Luis sei sie nichts, hat sie gesagt. Clemens' Bemerkung in Barcelona über Atome und Leere. Die null Komma null, null, eins Prozent Materieteilchen, aus denen Jana besteht, waren definitiv zu wenig, um ihre Seele zu stützen. Der Druck von außen zu groß. Und Wiebkes Vater machte das Gleiche durch wie sie, er war – obwohl seine eigenen Kinder unversehrt waren – auf genau dieselbe Art zu einem Nichts geworden. So fanden sie zueinander. Das Lösungswort lautet nicht »Chemie«, sondern »Physik«. Wiebke ahnt: Diese Art Bindung wird nicht von Dauer sein, wie bei den falschen Sonnen am Himmel liegt eine Täuschung vor, schön, aber flüchtig.

Also keine Scheidung. Die Leute im Bus, beim Bäcker, in der Schule können aufhören, sich die Mäuler zu zerreißen, denn anders als Wiebke werden sie nie ein gerechtes Urteil fällen können. Sie sind nicht besser als Wiebke und ihr Vater, in Wirklichkeit haben sie bloß hier und da ein bisschen mehr Schwein gehabt. Es hätte jeden von ihnen treffen können. Es wird jeden treffen, früher oder später. Irgendjemand da unten unter alten Ziegeln oder einem der neuen Spuckedächer ist sowieso der Nächste.

LIEBE MACHEN

Drei Sonnen – verschwunden. Das Licht wird flau. Wiebke versucht, nicht an ihren Hunger zu denken. Es sieht ihr eigentlich nicht ähnlich und ist vollkommen idiotisch, den Baum, die Geschwisterbuche, partout nicht verlassen zu wollen, und doch rückt sie keinen Deut von ihrem Vorhaben ab, einfach weil sie keine Alternative weiß.

Es ist spät. Sie muss pinkeln, obwohl sie den ganzen Tag fast nichts getrunken hat. Milch zum Frühstück. Ein Spezi vom Kiosk in der großen Pause, einen Schluck Leitungswasser aus dem Hahn im Mädchenklo, nachdem sie sich beim Volleyball ziemlich verausgabt hat. Es schmeckte ranzig. Ihre letzte Mahlzeit war besser: das obligatorische Pausenbrot, das wie durch ein Wunder jeden Tag den Weg in ihren Rucksack findet, zwei Vollkornschnitten, Salatblatt, Mettwurst, Käse, im Morgengrauen geschmiert von ihrer Mutter, diesmal persönlich überreicht mit den Worten: »Iss es auch.« Was Wiebke diesmal entgegen ihrer Gewohnheit tatsächlich getan hat, sie verdrückte im

Deutschunterricht beide Scheiben nacheinander, als hätte sie etwas geahnt.

Wiebke seufzt. Sie kann hier nicht bleiben. Aber wohin soll sie gehen? Eine Brandstifterin will doch keiner. Von ihrem Kleid hängt ein spargelgrüner Faden bis in die Kniekehlen, und als sie daran zieht, löst sich eine der Blumenstickereien vollständig auf. Was für ein rettungslos verkorkster Tag, der nun gegen Abend zu allem Überfluss auch noch eine ungemütliche Note erhält, denn der Wind wird kälter.

Auf der Koppel beim Reiterhof versucht ein Fohlen, seine Mutter zu besteigen, und wie auf Kommando wollen plötzlich auch ausgewachsene Hengste ihren Samen loswerden. Im Nachbardorf brüllt das Milchvieh im Melkkarussell, die auffrischenden Böen reißen jeden Laut in Fetzen, bevor sie ihn kilometerweit über die Felder tragen. Wiebke denkt, dass ihre eigenen Kühe es besser haben, weil sie draußen stehen und – genau wie die Pferde – nach Herzens- oder Fleischeslust Liebe machen dürfen, aber gefressen werden sie am Ende trotzdem.

Sie weiß noch, wie überrascht Clemens war, als sie ihm davon erzählte. »Wie? Bei euch auf dem Hof läuft das nicht mit künstlicher Befruchtung?«

»Nein, das wäre zu umständlich und zu teuer. Milchkühe bekommen das Sperma vom Tierarzt reingespritzt, wir züchten Fleischrinder. Dafür gibt's Herdenbullen.«

»Herdenbullen.« Das Wort schien eine Saite in Clemens zum Schwingen zu bringen, die er nicht besonders oft bespielte. »Und das funktioniert?«

»Anscheinend.« Am liebsten hätte Wiebke jetzt einen

herzlosen Spruch über ihn, Jana und ihre mageren Erfolge in Sachen Nachwuchs zum Besten gegeben, aber sie riss sich zusammen, als sie bemerkte, wie seine Körperspannung im Zeitraffer von null auf hundert hochschnellte. Das gefiel ihr.

»Können die immer?«, wollte er wissen. Sein Atem kollidierte schwer und heiß mit der Frontscheibe des Volvo.

»Immer nicht. Aber *wenn* sie können, tun sie es auch.« So schnell, wie Clemens sich daraufhin auf sie schwang, hatte Milan noch nie seinen Hintern bewegt. Nicht dass er sie plattmachte, er stützte sich mit beiden Knien auf dem Sitz ab, rammte seinen Steifen (wohl eher unabsichtlich) in ihren Bauchnabel und vergrub seine Hände in ihren Haaren, sein Gesicht in ihrer Halsbeuge. Auch das gefiel ihr. Es war der Moment, in dem sie die Augen schloss, vielleicht noch nicht in letzter Konsequenz bereit, aber entschlossener denn je, sich an ihn zu verlieren. Irgendwann musste es ja mal passieren.

Als sie aufschaute, war Clemens fort. Dieser Arsch. Stand vielleicht hinterm nächsten Baum und holte sich einen runter. Aus Rache deponierte Wiebke ihren (sehr feuchten) Slip im Handschuhfach, kletterte auf den Fahrersitz und fuhr über diverse Umwege (mit hundertzwanzig Sachen durch die Radarfalle im Nachbardorf) zu ihm nach Hause, wo sie sein Auto im Carport parkte und den Rest zu Fuß ging, schlüpferfrei und auch sonst irgendwie erleichtert. Der Volvo war eine Wucht und wesentlich leichter zu handhaben als jeder beschissene Trecker, den sie kannte. Sex konnte auch nicht sehr viel besser sein.

Wiebke schaudert. Im Osten über der Kreisstraße ein rötlicher Schimmer, Rücklichter der Autoschwärme stadtauswärts. Sie kommen stoßweise an, in den Feierabend ausgespuckt im Puls der Ampelschaltungen auf den mehrspurigen Ausfallstrecken. In weniger als zehn Stunden geht es für die meisten schon wieder in die entgegengesetzte Richtung. Neubausiedlungen als reine Schlaf-Festungen, immer mehr gibt es davon, selbst in den weit abgelegenen Dörfern beim Teufelsmoor erschließen Bagger und Planierraupen Acker um Acker für die Häuslebauer. Nicht weil die Leute so irrsinnig gern auf dem Land wohnen würden, die meisten sind bloß scharf auf Besitz, Wohneigentum, das für sie in Hamburg und Bremen unerschwinglich wäre. Mit Landwirtschaft haben die meisten von denen, anders als Strassers ihrerzeit, nichts am Hut. Keine Neugier, kein Idealbild einer heilen Welt, im Gegenteil. Sofern sie rechtsschutzversichert sind, beschäftigen sie Anwälte, die versuchen, den Hühnern das Gackern nach neunzehn und vor sieben Uhr zu verbieten. Sie kapieren nichts. Aber beim Discounter Biokartoffeln aus Ägypten kaufen, das können sie.

Blaue Stunde. Wetterleuchten hinterm Silo der Saatzucht, dahinter die Umrisse einer riesigen Ambosswolke. Wieder: Schwarz. Im Norden hat der Himmel die Farbe von Hustenbonbons angenommen, die Kontraste sind atemberaubend. Falls das Gewitter herkommt, muss sie sich wirklich etwas überlegen, beschwört Wiebke die eigene Vernunft.

Doch vergebens. Als keine zehn Minuten später ein Schauer wie ein gewaltiges Flüstern auf sie zu- und über sie hinwegzieht, gibt Wiebke sich dem Sturm hin und rührt sich nicht von der Stelle, wird nass bis auf die Haut, eins mit dem Regen. Das Rauschen in den Buchenblättern ist das ihres Blutes, das Rauschen der Welt. Freude und Schmerz, die strömen wollen wie Flüsse ins Meer. Der Regen stillt Hunger und Durst, er schmeckt nach Feuer und Elbe. Als Blitz und Donner ihre Energie über Wiebke abladen, sind all ihre Ängste auf einmal wie weggeblasen, sie fühlt sich befreit. Ihr Herz ist ein Faraday'scher Käfig in diesem Gewitter.

Später, das Unwetter ist noch nicht vorüber, sondern wandert grollend zwischen Fluss und Geest hin und her, holt ein Motorengeräusch Wiebke zurück in die Wirklichkeit. Der Kombi, die alte Kiste ihrer Eltern. Aber sie sind es nicht. Stattdessen steigen Jarik und Jens aus, klettern über ein Gatter und hasten im Laufschritt zur Senke. Wiebke kann sich denken, was sie vorhaben: Es ist besser, die Rinder bei Gewitter in Sicherheit zu bringen, denn am tiefsten Punkt dieser Weide, wo das Grundwasser aus dem Boden quillt und einen Tümpel bildet, auf dem sie im Winter Schlittschuh laufen, schlägt seit jeher gern der Blitz ein. Oft werden Tiere getroffen und sterben, manchmal bis zu fünf Stück auf einen Streich. Da hätte Wiebke auch selbst dran denken können, dann hätte sie wenigstens einen guten Grund gehabt, ihr Versteck aufzugeben. Sich nützlich machen, nicht bloß grübeln, das ist es doch, was ihre Mutter ihr ständig predigt. Wieder eine Chance vertan.

Wiebke wringt ihr Haar aus. Das Lieblingskleid klebt ihr nass und kalt zwischen den Beinen, am Rücken, an den Hüften. Jeder Blitzschlag überbelichtet die Senke, auf der jetzt kein Vieh mehr steht, und ausgerechnet in dieser völlig verrückten, misslichen Lage hält sie es für möglich, dass der wellige Flecken Grasland da unten der schönste Ort von hier bis zum Horizont sein könnte, also im Grunde genommen der schönste überhaupt.

Sie beobachtet, wie Jarik und Jens zum Kombi zurückkehren, im Schlendergang jetzt, wie dicht beieinander sie gehen. Sie steigen gleich ein, aber der Motor bleibt ausgeschaltet. Das steht so nicht im Protokoll. Musik erklingt, irgendetwas Softes, Mainstreamiges, ein lahmer Basslauf, Tonika, Dominante, Subdominante. Sie können es sich nicht auszusuchen, die beiden Turteltäubchen, einen CD-Player oder MP3-Anschluss gibt es im Wagen nicht, das Radio empfängt nur Welle Nord halbwegs störungsfrei. Da die Blitze seltener und schwächer werden, erkennt Wiebke nicht, was genau vor sich geht, und das ist vermutlich auch besser so. Eine schwermütige Ballade nach der anderen träufelt durch die geschlossenen Scheiben, bis die Jungs und das Gewitter endlich die Kurve kratzen.

Wiebke schüttelt den Kopf, die letzten Zweifel ausgeräumt. Ein Voss, der auf Männer steht. Heilige Scheiße. In gewisser Weise ist sie eifersüchtig. Wenigstens hat er jemanden. Aber leicht wird es für ihn sicher nicht. Wie auch immer die Familie das nun wieder wegstecken wird, den Hof kann er sich abschminken, ein Jungbauer ohne Aussicht auf Nachwuchs ist mit Sicherheit nicht das, was den Eltern vorschwebt. Was bedeutet, jemand anders muss es machen.

Nur wer?

Immer der, der fragt?

CRAZY DIAMOND

Mitternacht. Es hat aufgehört zu regnen, aber jeder leise Windzug schüttelt schwere Tropfen von den Blättern, in den Gräben murmelt das Wasser, das abläuft, vom Boden steigt Feuchtigkeit auf wie in einem Dampfbad. Fledermäuse huschen vorbei, verschlingen das Ungeziefer in der Luft.

Wiebke kann nicht mehr, jede Faser ihres Körpers tut weh, und ihr ist kalt. Als ersten Schritt der Kapitulation schaltet sie das Handy ein, das wie eine Kette um ihren Hals baumelt, das blaue Licht des Displays heuchelt Gesellschaft. Sie ist sechzehn, sitzt seit Stunden auf einem Baum fest, hat Feuer gelegt, liebt einen alten Knacker mehr als den eigenen Freund, will endlich keine Jungfrau mehr sein. Wie sie es auch dreht: Sie ist die optimale Kandidatin für Clemens' Radiosendung. Die Vorstellung, on air zu gehen, behagt ihr nur teilweise, zwar würde sie sich liebend gern unter dem Deckmantel der Anonymität den ganzen Mist von der Seele reden, andererseits weiß sie, wie ihre Stimme aufgezeichnet klingt, und was das angeht, ist sie nicht gerade ihr größter Fan. Dazu die Gefahr, dass Clemens sie erkennt. Eigentlich ist es völlig nebensächlich, doch sie will sich unter keinen Umständen blamieren – als wäre das nicht schon längst passiert. Die Idee ist verrückt, aber sie hat auch eine gewisse Logik, denn sie sehnt sich ja tatsächlich nach jemandem, der ihr sagt, was zu tun ist. Und Clemens ist kein Anfänger auf seinem Gebiet, für die meisten seiner Anrufer hat er ein paar gute Tipps auf Lager.

Während der Zeit, die sie benötigt, um ihren Mut zusammenzunehmen, wird Wiebke zweimal angerufen, vom Handy ihres Vaters und vom Festnetzanschluss zu Hause aus. Sie lässt es klingeln. Im SMS-Eingang blinken neun ungeöffnete Nachrichten. Niemand außer Irmi kennt ihren Aufenthaltsort. Wiebke denkt an die kleine Schwester, daran, was sie jetzt auszustehen hat. Sie kann sich darauf verlassen, dass sie dichthält, zumindest eine geraume Weile. Doch wie lange wird Wiebke hier oben noch auf sich gestellt sein? Und will sie das überhaupt?

Mit steif gefrorenen Fingern wählt Wiebke die Nummer, die sie auswendig kann, weil Clemens sie nach jedem Jingle vorliest. Wie erwartet gelangt man nicht direkt in die Sendung, sondern landet zunächst in einer Warteschleife, dann bei einer Redakteurin, die unter sämtlichen Anrufern eine Vorauswahl zu treffen hat. Wiebke will nicht gleich zu viel verraten, spürt aber, es genügt nicht, aufrichtig verzweifelt zu sein, sie muss mit einer guten Story punkten, um überhaupt durchgestellt zu werden. Also nennt sie sich Gesche, achtzehn – das ist entscheidend – und legt die Karten offen auf den Tisch, wobei sie Luis' Geschichte ausklammert. Dann wüsste er sofort Bescheid.

Schließlich, ohne jede Vorwarnung, ist er dran und begrüßt sie mit der üblichen professionellen Munterkeit.

»Worüber möchtest du heute Abend mit mir sprechen, Gesche?«

Ist sie wahrhaftig auf Sendung? So leicht geht das? Wiebke räuspert sich.

»Was ist dein Thema heute Abend?«

»Mein Vater.«

Pause. Das ist so nicht normal. So, wie Wiebke es kennt, sorgt Clemens immer dafür, dass keine Lücken entstehen.

»Okay, reden wir also über deinen Vater. Was beschäftigt dich?«

Unwillkürlich beginnt sie zu flüstern. »Dass er nicht treu ist.«

»Du musst etwas lauter reden.«

»Dass er meiner Mutter nicht treu ist!«

Schande, sie hat vergessen, ihre Stimme zu verstellen. Wenn jemand aus der Schule sie erkennt, ist alles aus. Dann wird Milan sie sitzen lassen und dem Gespött der anderen preisgeben, so viel ist sicher.

»Also geht es dir eigentlich um deine Mutter?«

»Nein – na ja – ich weiß nicht.«

»Du machst dir Sorgen um den Zusammenhalt deiner Familie«, hilft er nach.

»Schätze schon.«

Wiebke denkt, dass er nicht richtig bei der Sache ist. Er spult bloß ein Programm ab. Alles auf Autopilot.

»Darf ich fragen, wo du dich gerade befindest?«

»Wieso ist das wichtig?«

»Ich möchte mir ein Bild von eurer Familiensituation machen. Lebst du noch zu Hause?«

»Nein«, sagt sie entschieden.

»Du bist also ausgezogen.«

»Nicht direkt.«

»Kann es sein, dass es bei dir zu Hause ein Feuer gegeben hat?«

Wiebke beißt sich auf die Unterlippe. Hatte sie davon der Redakteurin erzählt?

»Wiebke, hast du das Heu abgefackelt?«

Schweigen. Er hat ihren richtigen Namen genannt. Ihr Leben ist zu Ende.

»Kommt das im Radio?«

»Nein«, sagt Clemens, und sie kann hören, wie er den Kopf in den Nacken legt und sich mit der freien Hand die Muskeln massiert. »Natürlich nicht. Du warst nie auf Sendung. Ich hab dich an der Nummer erkannt. Im Augenblick läuft Musik.«

»Was denn?«

»Pink Floyd. *Shine On You Crazy Diamond.* In der Live-Version. Wir haben ein bisschen Zeit. Noch sieben Minuten vierzehn.«

Die Sieben, da war sie wieder. Gleich drei Mal.

»Guter Song.«

»Ja, grandios. Hör zu, Wiebke. Jana meint, deine Eltern haben keinen Schimmer, wo du steckst. Sie machen sich Sorgen wegen des Feuers und wegen des Gewitters. Vielleicht solltest du dich wenigstens mal zu Hause melden.«

»Willst du gar nicht hören, was ich dir eigentlich erzählen wollte?«

»Besser nicht.«

»Aber es hat mit deiner Frau zu tun.« Clemens schweigt.

»Geht es dir völlig am Arsch vorbei?«

»Es ändert nichts. Was auch immer Jana und dein Vater getan haben, ich glaube nicht, dass sie dabei glücklich sind. Dein Vater ist kein schlechter Mensch. Ich möchte nicht in seiner Haut stecken. Und ich glaube auch nicht, dass irgendjemand sonst das will.«

»Was für ein Scheiß«, sagt Wiebke, und für einen kurzen Moment ist ihr, genau wie vorhin, als sie das Feuerzeug in Gang brachte, wieder schlecht vor Wut. Obwohl sie doch eben bereits zu einem ganz ähnlichen Schluss gekommen war. »Wieso nimmst du ihn in Schutz?«, fährt sie Clemens an. »Wer bist du? Jesus?«

»Ich bin einfach nur müde, Wiebke. Ich weiß nicht, ob es Jesus genauso ging, als er sich kreuzigen ließ. Interessanter Gedanke. Vielleicht hast du recht, okay, du hast bestimmt recht, ich bin unfähig zu hassen, obwohl mir das aus therapeutischer Sicht ab und zu mal ganz guttun würde. Stattdessen lade ich das Leiden der Welt auf mich, oder zumindest das Leiden der geneigten Hörerschaft. Gut, ich bin Jesus, na und? Bin ich jetzt bei dir unten durch?«

»Aber so was von.«

Sie müssen beide lachen.

»Wir könnten zusammen abhauen. Das würde alles ändern.«

»Eine verlockende Vorstellung.«

»Glaubst du, in deinem Volvo kommen wir bis Barcelona? Das war echt cool da.«

»Du fandest es zu voll, falls du das vergessen hast. Aber sicher kommen wir bis Barcelona. Auch bis Nazareth, wenn du willst.«

»Du könntest meine Unerfahrenheit schamlos ausnutzen.«

»Mach ich doch schon die ganze Zeit. Leider bist du mir auf die Schliche gekommen.«

»Also, wann kannst du mich abholen?«

»Pink Floyd sind gleich durch. Ich muss weitermachen.«

»Wo treffen wir uns?«

»Am Rand der Scheibe?«

»Jesus, kommst du auch bestimmt?«

»Ruf deine Eltern an.«

UNFREIER FALL

Das Display wird schwarz. Clemens' Stimme hält sich noch eine Weile in Wiebkes Kopf, die Stille danach ist ohne Raum, ohne Luft. Sie schaltet das Handy ab und schleudert es mit aller Kraft ins Weite, viel zu viel Kraft für so ein kleines, leichtes Stück enttäuschter Hoffnung, sie schleudert sich selbst gleich hinterher, versucht noch, sich an einem Ast festzuhalten. Ein Schmerz in der Wirbelsäule, das Splittern von mürbem Holz, dann der Fall. Die Entscheidung.

Wiebke merkt, wie ihre Hände ins Leere greifen, ihr Magen sackt durch, sie denkt an Colossos und gibt ein stimmloses Jauchzen von sich, während eine dunkle Flut sie fortträgt. So fort wie nur irgend möglich, einmal bis ans Tor zur Vergänglichkeit und wieder zurück. In ihren Ohren kreischt und grölt die Zeit.

Im Fallen vergeht der Sommer, die Ernte wird eingefahren, das Wintergetreide gesät, Mais geerntet, gehäckselt und zu Silage verarbeitet. Der Herbst zieht vorüber, düstere Tage und Nächte, der Himmel bedrohlich, nicht mal die moderne LED-Straßenbeleuchtung im Neubaugebiet kann es mit ihm aufnehmen, das Dorf duckt sich wie im Mittelalter in seinen eigenen Schatten. Diese nordischen Wolkenberge, aufgeschichtet aus Asche, Tränen und Wut. Die Jahreszeit, in der die brüchige Kruste zwischen Gegenwart und Vergangenheit noch durchlässiger wird, als sie ohnehin schon ist.

Ein echter Winter mit Bergen von Schnee. Ein verregneter Frühling, ein trockener Sommer. Im Jahr danach ist es genau umgekehrt. Das Wetter im Durchschnitt trübe, die Tage als dünne graue Linien, zusammengepresste Zellulosescheiben am Horizont: Resopalzeitalter.

Jemand unterstellt ihnen, sie hätten im Hofladen falsch etikettiertes Fleisch verkauft, was nicht stimmt, vor Gericht wird die Klage abgewiesen. Sie satteln um auf Bio und lassen ein Gewächshaus bauen. Gemüse aus der Region verkauft sich immer besser. Wiebkes Mutter und Onkel Cord versöhnen sich. Eines Morgens findet Wiebke Jarik sturzbesoffen im Hühnerstall. Er ist nackt, von Hennen umringt, die gackernd Körner aus seinem Hintern picken. Dass er, anders als bei der Nummer mit dem Brautkleid, diesmal nicht selbst schuld an seiner bescheuerten Lage ist, verraten die Blutergüsse an seinem Körper, riesige violette bis grünliche Hämatome von Stiefeltritten, dazu ein eindrucksvolles Veilchen und die Tatsache, dass seine Klamotten zunächst unauffindbar sind. Wie Wiebke später erfährt, baumeln sie unterdessen am Fahnenmast vor Jens' Elternhaus, wo sie von dessen Mutter entdeckt werden. Eine erbitterte Kirchgängerin, nervlich angeschlagen. Jarik und Jens ziehen nach Berlin, dann sogar nach Barcelona, was Wiebke einen Stich versetzt. Sie nennen sich jetzt Performance-Künstler. Die Stimmung auf dem Hof bessert sich nur langsam.

Als endlich wieder geheiratet wird, mag die Braut abends im Saal nicht Walzer tanzen, dafür singt sie auf der Bühne freiwillig ein Lied. Eine große Bühne, Theaterboden, dunkel und weit und geheimnisumwoben wie ein gefrorener See, auch wenn keine große Stadt dazugehört. Das Publikum: nicht im Mindesten weltgewandt, urban. Allein mit ihrer Persönlichkeit und der Stimme erfüllt sie, diese fremde Erwachsene in ihrem auf schwarze Art weißen Kleid, die Weiten der Bühne und des dazugehörigen Saals mühelos, wofür sie den richtigen Stand beherrscht, Schwerpunkt in der Mitte der Mitte, genau beim Solarplexus.

Was, wenn das, was Wiebke erlebt, in letzter Konsequenz doch kein freier Fall ist? Wenn es etwas gibt, das sie heimlich hält, ein ganzes Bündel Reißleinen, die jemand anders jederzeit für sie ziehen könnte, um ihrer Geschichte eine Wende zu geben, jemand oder etwas Allmächtigeres. Gefühle, schneller als der Schall. Nenn es ruhig Liebe, du feiges, dummes Ding, zum Teufel auch – Liebe. Was sonst könnte sie halten, ausgerechnet hier?

Wiebke wird schneller und schneller, rast durch alle Dimensionen, bis sie die Schallmauer durchbricht und das Getöse ringsum schlagartig verstummt. Stille, endlich. Sie verliert etwas und gewinnt etwas anderes hinzu. Die Erde ist nicht mehr weit, Wiebke kann sie schon atmen, diese sandige, nicht allzu fruchtbare Erde, auf der sie ihre Felder bestellen. Das Heer der Steine, Geschiebe aus der Eiszeit. Wie viele Kreiseleggen sind daran zerbrochen?

Auf dem Feldweg raufen sich zwei Kater um eine Katze, ein blutiger Zweikampf. Hinterm Zaun wird ein Kälbchen geboren, die Beine sind schon zu sehen. Wiebke hört immer noch nichts, aber sie weiß, wie es klingt, auf die Welt zu kommen, abgesehen vom Stöhnen und Schreien der Mutter, dieses satte, feuchte Schmatzen, das einem überall begegnet, weil es zum Leben dazugehört.

Nicht einmal der Aufprall, vom Gesträuch gedämpft, beendet Wiebkes Fall, sie stürzt geradewegs ins Erdinnere, vorbei an mumifizierten Überresten längst verstorbener Haustiere (Kater, Schäferhund, Hamster, Wels), an versteinerten Feldfrüchten, gesät von ihren Ahnen, und schließlich an deren elfenbeinweißen Gebeinen, lauter Voss'schen Totenschädeln: neun Generationen Ackerbau und Viehzucht auf der sandigen Geest, die Fragen, um die sich alles dreht: Wie viel Land? Wie viel Vieh? Wie viele Kinder? In dieser Reihenfolge. Immer geht es um die nächste Generation, die ungeborene, darum, das Erbe zu bewahren. Grund und Boden.

Sie haben schon ganz andere Pechsträhnen weggesteckt – oder? Einmal brannte nach einem Missgeschick mit einer Petroleumlampe das Gehöft komplett nieder, einmal aus nicht überlieferten Gründen nur ein Schweinestall. Seuchen kamen und gingen, Kriege auch. In der Familie des Großvaters sind vier Söhne gefallen, der fünfte überlebte, und der war ein Arsch, der Oma Irmi meistens wie eine Bedienstete, manchmal wie eine Hure und ganz selten wie eine Heilige behandelte, wofür sie ihn liebte und weshalb sie auch Jahre nach seinem Tod nie ein schlechtes Wort über ihn verlor. Überhaupt Oma Irmi: Als sie Schule gebraucht hätte, gab es

Fliegeralarm statt Unterricht, obschon so weit vor der Stadt überhaupt keine Bomben fielen. Als sie schöne Kleider gebraucht hätte, waren Stoffe Mangelware, und als sie einen netten Mann gebraucht hätte, traf sie einen Voss. Dennoch verbuchte sie nach eigenem Bekunden das Gesamtwerk ihres Lebens unterm Strich als erfüllt, und auf ihrer Beerdigung versammelte sich das ganze Dorf (ohne Neubürger), wie es sich gehört. Das hätte sie bestimmt gefreut.

Obwohl nur angeheiratet, war Oma Irmi eine echte Voss, das kann ihr keiner mehr nehmen, eine Frau wie eine Buche, den nörgelnden Forderungen des Grundbesitzes gewachsen. Eine, die etwas Bleibendes an sich hatte, was längst nicht für alle von ihnen gilt. Wiebke ist sich nicht sicher, ob sie mit denselben Qualitäten ausgestattet ist. Und ob es ein Segen wäre oder ein Fluch.

ERFINDE EINEN SINN

Nach dem Sturz vorwärts und rückwärts durch die Jahre ist eine Wiederkehr auf die Buche undenkbar. Allein wie sie dasteht, regennass und riesenhaft: pure, harthölzerne Ablehnung. Hier hat Wiebke nichts mehr verloren. Sie befreit sich von Gestrüpp und vorjährigem Laub, streckt die Glieder – alles heil –, trinkt die morgenkühle, vom Rauch gereinigte Luft wie Wein. Ihre Hand mit dem schmalen Rotgoldring auf der rissigen Rinde am Stammfuß. Verliebt, verlobt, verheiratet. Und dabei immer noch das böse Mädchen, das schüchterne Kind, die verliebte Schülerin. Ein Teil von ihr wird ewig auf dem Baum verweilen, und das ist nicht schlimm. Alles geschieht gleichzeitig. Von fern der Ruf eines Kuckucks, den Wiebke nicht fragen wird, wie lange noch. Das große Nichts – na gut. So früh am Tag ist die Leere erfüllend.

Sie umrundet den Baum, Blick nach oben, und sucht im weitverzweigten Wipfel nach dem Astgeflecht, das ihr so lange und bereitwillig Unterschlupf gewährt hat – vergebens.

Flaschengrünes Tohuwabohu. Was sie entdeckt: die Schnitzereien als versöhnlicher Gruß aus der Kindheit, verwitterte Narben im Holz. Als der Stamm in die Breite wuchs, bekam die silbergraue Rinde Längsrisse, abgestorbener Kork zerfiel zu Staub, Moos wuchs in den Furchen, dennoch sind die drei Buchstaben gut zu entziffern: J – W – I.

Heimwärts. Obwohl reichlich zu tun ist, nimmt Wiebke den langen Weg, immer am Rand entlang, am Rand der Scheibe. Wind in den Gräsern. Im Osten, wo die Stadt auf der Lauer liegt, geht rotgolden die Sonne auf. Als hätte sie alle Zeit der Welt, durchstreift Wiebke das Flusstal, vorbei an den Fischteichen, durch Wald und Heide bis zur Lämmerwiese. Luis' Kreuz steht schief, und sie richtet es auf. Die Narzissen, die sie im Frühjahr gepflanzt hat, sind längst verblüht. Vielleicht findet sich am Abend eine Gelegenheit, ein paar Dahlien einzusetzen, dazu Elfensporn, Nelken, sonst eben im Lauf der Woche. Falls Irmi ihr nicht zuvorkommt. Hin und wieder werden Kerzen am Fuß des Steins deponiert, sie stammen bestimmt von ihr, worüber sie natürlich nie ein Wort verlieren würde, genauso wenig wie Wiebke. Wie ihre Eltern sind sie beide keine großen Rednerinnen geworden, machen ihre Rührseligkeiten lieber mit sich selbst aus. Immerhin: Die eigenen Töchter werden nicht bloß am Oberarm getätschelt, sie umarmen sie täglich, zur Not auch gegen ihren Willen.

Dass es so ist, dazu haben alle drei Strassers entscheidend beigetragen. Die Erinnerung an sie ist Wiebke einen weiteren Abstecher wert, um der guten, alten Zeiten willen. Zum Neubaugebiet ist es genau genommen kein Umweg, sondern einfach eine andere Annäherung an den Mittelpunkt. Den Voss'schen Hof.

Das blaue Haus. Wiebke nennt es immer noch so, und irgendwie stimmt es ja auch. Das Indigo ist weiterhin vorhanden, wenn auch unsichtbar, versteckt unter den dicken Farbschichten diverser Anstriche und neuerdings (weil die Deckkraft der Farben auf mysteriöse Weise nie auszureichen schien oder nicht von Dauer war) sogar unter einem ziegelroten Klinker, jeder einzelne Stein handgeschöpft in einer Ziegelei in Holland. Die nachfolgenden Besitzer haben die Birken vom Dach entfernt und neben dem Eingang Buchsbaumkugeln aufgestellt. Terrakottatöpfe, versteht sich. Vor der Garage zwei Kinderräder und ein Roller. Drei Kinder also. Besser so. Wer mehrere Kinder hat, ist eher gezwungen, sich nicht völlig aufzugeben, wenn eins davon verloren geht.

Ob Jana sich völlig aufgegeben hat? Oder Clemens?

Manchmal denkt Wiebke, wenn sie nur oft genug ihre Runde dreht, wird sie irgendwann alles begreifen, was damals geschehen ist. Sie wüsste gern, was aus Clemens wurde. Seine Sendung gibt es noch, aber ohne ihn. Sie hat ihn vergebens auf Facebook gesucht. Auch im Dorf weiß keiner etwas. Die Tragödie ist verjährt, nur noch eine traurige Anekdote; über die Schuldfrage und die Verstrickung der Familie Voss in den Fall wird nicht mal mehr hinter vorgehaltener Hand diskutiert. Schon vor Jahren hieß es, Jana und Clemens Strasser seien nicht mehr zusammen. In der Rückschau ist Wiebke der Meinung, so richtig waren sie es nie.

Was auch immer »richtig« bedeutet. Sicher nicht, dass man nicht mehr weiß, wo man selbst aufhört und der andere anfängt. Womöglich genügt es, das Feuer im Innern am Leben zu halten, während das äußere kontrolliert niederbrennt. Die Freiheit, einen Sinn zu erfinden, statt danach zu suchen. Oder auch: einfach das zu tun, was einem in die Wiege gelegt wurde. Abhauen kann jeder. Manche müssen es sogar.

Auf dem Hof jagen die Schwalben im Tiefflug über das frisch ausgebesserte Kopfsteinpflaster vor dem Laden, und die Eltern sitzen nebeneinander auf der Hollywoodschaukel, ein bisschen mehr auf Abstand als früher, aber ob die Handbreit Schweigen zwischen ihnen tatsächlich eine Kluft darstellt oder nichts weiter zu bedeuten hat, lässt sich schwer einschätzen. Wiebke ist es egal. Sie sind noch hier, das reicht. An der Haustür blüht die Clematis so blau.

Was steht heute an? Kohl. Die Pflanzzeit für Blumenkohl, Brokkoli, Rosenkohl, Kohlrabi und Fenchel neigt sich dem Ende zu. Damit die Freiland-Erdbeeren nicht faulig werden, sollte sie ein wenig Stroh verteilen.

Abends hätte sie Zeit, was selten vorkommt. Sie könnte zu diesem Vorsingen gehen, an der Musikhochschule. Eigentlich hat sie sich nur aus Spaß beworben. Dann kam die Einladung.

»Muss ein tolles Gefühl sein«, hat Irmi gesagt.

– Ist
– Es
– Auch.

Alexandra Kui

Marias letzter Tag

ca. 288 Seiten
ISBN 978-3-570-16317-7

Jeder hat Angst: vor der Euro-Krise, dem steigenden Flusspegel, dem Notendurchschnitt. Lous beste Freundin Maria hat Angst vor dem Krebs. Als sie von einem Zug erfasst wird und nur knapp überlebt, sprechen alle von Selbstmord. Da ruft Lou den Sommer ohne Angst aus. Ihr Plan: zu leben, als sei es ihr letzter Tag. Tun, wovor sie sich immer gefürchtet hat. Sich fühlen, wie Maria sich gefühlt hat. Ihre selbstgedrehten Videos postet Lou auf ihrem YouScreen-Channel, dem sie den Titel „Marias letzter Tag" gibt. Rasant steigt die Zahl der Klicks, es entsteht eine Bewegung der Angstverweigerer. Die Mitschüler, Freunde und Fans übertrumpfen sich mit immer gefährlicheren Mutproben. Und irgendwann verliert Lou die Kontrolle ...

cbt

70013

www.cbt-buecher.de

LESEPROBE

Marias letzter Tag

PROLOG

Kumulonimbus. Eine sehr junge Frau, fast noch ein Mädchen, inmitten eines Weizenfelds, sie trägt ein Kleid, blau wie weite Teile des Himmels, ein Flatterkleid mit Blümchenmuster. Strohblumen oder so. Sie hat auch Blümchen im Haar, und das Kleid ist kurz, denn sie will um jeden Preis gefallen, sie ist nicht allein. Bei ihr ist ein Junge, den sie mit dem Handy filmt: rothaarig, sommersprossig, einen Weizenhalm im Mundwinkel als Zigarettenersatz. Superheldenblick.

Sie ist süchtig nach diesem Blick, nach einem ganz bestimmten Lebensgefühl, das er verkörpert. Danach, es mit der Kamera einzufangen und festzuhalten für die Ewigkeit. Ein großes Gefühl, einer Ewigkeit würdig. Genau wie dieser Sommer.

Alles ist möglich. Der Weizen verfärbt sich bereits von Grün zu Gold, steht gerade mal kniehoch. Der Wind frischt auf, zerrt am Flatterkleid, verwandelt das Feld in ein grüngolden wogendes Meer. Unfassbar schön sieht das aus. Trotz oder gerade wegen dieser Gewitterwolke, die über alldem heranwächst: Kumulonimbus. Ein mächtiger Amboss, eine unkontrollierbare Zusammenrottung ursprünglich harmloser Schäfchenwolken.

In der Masse fühlen sie sich unbesiegbar. Weil sie es sind.

Schon grollt es von fern, zucken Blitze kreuz und quer, ein Anblick wie ein Netz von Nervenzellen, abgebildet in ihrem Biobuch unter dem Stichwort Großhirnrinde. Ausgerechnet jetzt muss sie an die Schule denken. Daran, dass sie eigentlich zu Hause sein sollte, um zu lernen, der Endspurt vor den großen Ferien hat längst begonnen, ist eigentlich schon vorbei. Dass ihre Oma das Blümchenkleid zu kurz findet für den Unterricht. Nuttig, hat sie gesagt, um genau zu sein. Die Oma: zu allem hat sie eine Meinung, selten eine gute.

Kein Blau mehr am Himmel, dafür eine Fülle anderer Farben: Grau, Gelb, Purpur, Schwarz. Erste Sturmböen lassen die junge Frau taumeln, doch sie fängt sich. Ihr Begleiter reißt beide Arme in die Höhe, ruft etwas gegen den Wind. Man versteht kein Wort.

Sie starrt ihn an, weiß nicht, ob sie lachen oder heulen soll, so ungeheuerlich viel passiert gerade mit ihr. Sie entscheidet sich für irgendwas dazwischen. Die Wucht des Augenblicks. Das Krachen der Donnerschläge. Das Schwinden des Lichts. Bald wird die Welt sich auflösen, zerrinnen in den Wassern einer kurzen, zornigen Frühsommersintflut.

Eigentlich fürchtet er sich vor Gewitter. Dort, wo er herkommt, gibt es keine. Es ist zu kalt.

Muss sie ihm sagen, dass es ab sofort gefährlich wird? Unsinn, deshalb sind sie ja hier.

Die Neuronendrähte am Himmel glühen. Gottes Großhirnrinde, denkt sie und hält mit dem Handy drauf. Eigentlich ist sie kein Stück gläubig, weder getauft noch konfirmiert, wäre es manchmal gern wegen der einfachen Antworten auf schwierige Fragen, und dann wieder nicht – aus demselben Grund. In letzter Konsequenz hält sie sich für eine Realistin, glaubt nur an das, was sie konkret vor sich sieht, vor allem dann, wenn sie es filmt.

Als der Regen über sie hereinbricht und binnen Sekunden in Hagel übergeht, gibt es einen Knall, so laut, dass sie beide Hände an die Ohren presst, das Handy landet im Weizenfeld. Reiner Instinkt, sie hat es nie zuvor fallen lassen, hütet das kleine, kostspielige Wunderwerk wie ihren Augapfel (was es im Grunde ja auch ist).

Ein lauter, hoher Ton kreist in ihrem Kopf wie ein gefährliches Insekt. Sonst hört sie nichts mehr. Sie ist klitschnass. Die Erde bebt.

Wie lange er schon so daliegt, der Junge mit den roten Haaren und dem Superheldenblick, der ihr so gut gefällt, dass es manchmal schon wehtut, weiß sie nicht. Eben stand er noch, die Arme hoch in die Luft gestreckt. Jetzt liegt er, ohne einen Mucks von sich zu geben, und rührt sich nicht mehr. Augen geschlossen. Der Blick weggewaschen vom Regen.

Anstatt sofort zu ihm hinzurennen, ihn zu beatmen, sein nordisches Kaltblüter-Herz wieder zum Schlagen zu bringen, bleibt sie zunächst stehen, stocksteif. Wasser rinnt über ihr Gesicht, Hagel, Tränen, Regen – egal. Sie schreit seinen seltsamen Namen. Und etwas in seiner Sprache, das sie ihm schon längst hätte sagen sollen:

Ég elska þig

Und was kommt jetzt? Happy End? Offenes Ende? Melodram?

So ganz habe ich es selbst noch nicht begriffen. Das Mädchen mit dem Blümchenkleid und dem teuren Handy war ich, eigentlich hätte der Blitz mich treffen sollen. Ich war die Größere von uns beiden. Diejenige, die streng genommen an allem schuld war, was passierte.

Dies ist meine Geschichte, ich betrachte sie wie ein selbst gedrehtes Video, das mich nicht loslässt, spule vor und zurück, vor, zurück und versuche, mir einen Reim darauf zu machen, besser noch, an den richtigen Stellen zu schneiden, doch das Leben ist nun mal kein Film. Schneiden ausgeschlossen. Löschen erst recht.

Ich versuche, alles der Reihe nach zu erzählen, aber manchmal schweife ich ab, das lässt sich nicht ändern. In meinem Kopf herrscht immer noch Chaos. Ständig betrachte ich die alten Clips. Oder Bilder. Durchforste beim Schreiben das Netz nach dem verbotenen Hashtag, während das schlechte Gewissen an mir nagt.

Das Gewitter hätte den perfekten finalen Cut abgegeben, doch danach hörte es noch lange nicht auf. Denn wir konnten den Hals einfach nicht vollkriegen, adrenalinberauscht, größenwahnsinnig, glücklich wie wir waren, hatten wir kein Gespür dafür, wann Schluss ist. Mal ehrlich: Wer hat das schon?

In jenem verrückten Sommer überkam mich plötzlich das Gefühl, ich hätte etwas zu sagen, etwas Dringendes, also tat ich es auch. Mit nie gekannter Hingabe widmete ich mich meinem ersten Videoblog: Marias letzter Tag. Auf einmal war ich so zielstrebig, wie ich es schon immer hatte sein wollen. Wie meine Eltern es von mir erwarteten – nur dass meine Ziele ihnen Rätsel aufgaben.

Es war auch der Sommer, als ich endlich aufhörte zu wachsen und begann, mich hübsch genug zu finden, um mit einem eigenen Video-Channel auf Sendung zu gehen, der Name ergab sich.

Juni, Juli, August, drei Monate ohne Angst, drei Monate, in denen die Dinge aus dem Ruder liefen. Zuerst Maria (auch wenn sie das bis heute leugnet), dann der Regen und bald darauf die Flüsse, woran natürlich der Regen schuld war – und zuletzt wir alle.

Es glich einem sanften Fieber, sanft deswegen, weil wir uns nicht matt fühlten, sondern gestärkt. Unsere Glieder schmerzten nicht. Wir waren voll da. Es ging nie um Mutproben, das haben die meisten leider nie kapiert. Wir kämpften nicht darum, unsere Ängste zu überwinden, über diesen Punkt waren wir hinweg. Wir hatten einfach keine mehr.

Bis wir begriffen, dass wir zu weit gegangen waren …

»Dieser Roman ist ein großartiges Buch. Antonia Baum erzählt einfach erbarmungslos gut.« *Süddeutsche Zeitung*

Johnny, Clint und Romy wachsen bei ihrem Vater auf, der sich weder für bürgerliche Konventionen noch Gesetze interessiert. Theodor war in keinerlei Hinsicht Vater und dennoch hat er seine Kinder auf seine Art großgezogen. Als Romy und Clint ihren 25. Geburtstag feiern und der Vater nicht auftaucht, bekommen es die drei Geschwister mit der Angst zu tun. Gemeinsam machen sie sich auf die Suche nach ihrem Vater, den sie ebenso verehren wie verfluchen ... Schnelle Autos, Schutzgelderpressung, Schrottplätze – und die große Liebe dreier Kinder zu ihrem verrückten Vater.

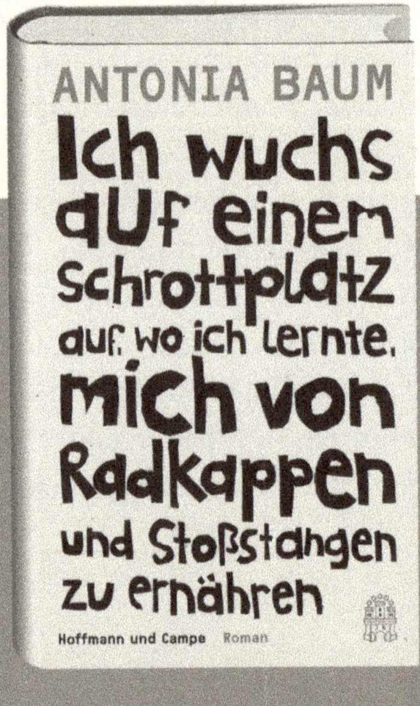

400 Seiten, gebunden.
Auch als E-Book

Hoffmann und Campe